उ
लोकेश

REDGRAB books

redgrabbooks.com

रेडग्रैब बुक्स प्राइवेट लिमिटेड

942, मुट्ठीगंज, प्रयागराज-3 उत्तर प्रदेश, भारत

वेबसाइट - www.redgrabbooks.com

मेल - contact@redgrabbooks.com

प्रथम संस्करण रेडग्रैब बुक्स प्राइवेट लिमिटेड द्वारा 2021 में प्रकाशित

सर्वाधिकार टेक्सट : लोकेश गुलयानी 2021

सर्वाधिकार सुरक्षित : रेडग्रैब बुक्स प्राइवेट लिमिटेड 2021

कवर व टाइप सेटिंग : रेडग्रैब बुक्स आर्ट्स

भारत में मुद्रित

ISBN : 978-93-90944-41-5

समर्पण

उन सभी के लिए, जिन्हें प्यार ने कभी न कभी अपने
आराोश में लिया फिर उन्हें ओढ़कर सो गया।

भूमिका

ये कहानी किसकी है कहना मुश्किल है। क्या ये हिम्मत और लाली के जवां दिलों की दास्तान है? या ये नीरजा के मन की गहराई में चल रही उथल-पुथल से उपजा कोई मरुस्थल है। या यूँ कहे ये उस पोखर का साफ़गोई से दिया गया बयान है जो दिलनशीं घटनाक्रम उसने अपने किनारे पनपते देखा, या फिर महेंद्र के लालच और नफ़रत की इन्तहा? कहना मुश्किल है। यक़ीन मानिये मेरे लिए भी मुश्किल रहा हिम्मत और लाली के साथ-साथ चलना। अगर प्रेम में इतनी दुश्वारियां और दर्द छुपे है तो क्यों आदमी मजबूर हो जाता है इसी रास्ते पर चलने को। कौन सी ऐसी ताक़त है जो उसे मजबूर करती है इस दर्द भरे ख़ंजर को अपने दिल में उतारने को और फिर वही ताक़त उसे मज़बूती भी देती है कि वो हर हालात का सामना भी कर जाये। हिम्मत और लाली ने भी किया और ख़ूब डट कर किया पर प्रेम में जीतना नहीं होता न, बस न्यौछावर करना होता है।

हिम्मत की लाली

हिम्मत, लक्ष्मणगढ़ क़स्बे से सटे जंगल में ऊँचे रेतीले टीले पर बैठा था। उसके तांबाई मुख पर पसीना छलछला रहा था, धूल से सनी सफ़ेद क़मीज़ की आस्तीन ख़ून में सनी थी, पर वो अलमस्त था, चोट से बे-ख़बर। उसका पूरा ध्यान टीले की ढलान पर उगी सेवण घास के झुरमुटों में लुकाछिपी करते तीतरों पर था। धैर्य धरने की घड़ी थी, ध्यान भंग हो जाने का मतलब होता उसकी बन्दूक़ के निशाने से तीतर का बच निकलना और ये उसे गवारा नहीं था। ऐसे ही तो गाँव वाले उसे 'निशानची बना' नहीं बुलाते थे। कुल इक्कीस बसंत देखे थे उसने, उसकी तीखी तलवारनुमा मूँछे और तिरछी भौंहे उसे बाँका जवान बनाती थीं। गाँव की ऐसी कौन-सी रूपसी बची थी जिसका दिल हिम्मत सिंह पर न आया हो, पर उसने कभी अपनी पानीदार आँखें किसी के रूप पर न झपकायीं; कुछ अलग ही मिट्टी का बना था हिम्मत। सारा-सारा दिन रेगिस्तानी जंगलों में डोलता फिरता, शाम होते-होते ढोर-डंगरों के पीछे-पीछे लौटता दिखता। सिर्फ़ लाली को पता रहता था कि उसे कहाँ ढूँढ़ा जाये और ज़रूरत पड़ने पर वो उस तक पहुँच भी जाती थी। दोनों एक-दूजे की रग़-रग़ से वाक़िफ़ थे। हिम्मत से लाली दबकर रहती थी, क्यों रहती थी ये लाली को भी नहीं पता था। वैसे बड़ी मुँहफट थी, अच्छों-अच्छों के कान काटती थी पर हिम्मत के सामने उसकी हिम्मत धरी की धरी रह जाती थी। हिम्मत बोले 'उठ' तो उठती थी, 'बैठ' तो बैठती थी। ऐसा इसलिये नहीं कि हिम्मत उससे दो साल बड़ा था या उसे उससे डर लगता था, बस उसे हिम्मत से दबना पसंद था; बाक़ी सब जाये उसके ठेंगे से।

"यहाँ हो! मैं कहाँ-कहाँ नहीं देख आयी।" हिम्मत को ढूँढ़ती लाली उस तक आ पहुँची थी।

"शशश..!" हिम्मत ने गुस्से से उँगली दिखाई और उसे बन्दूक़ के सामने से हटने को कहा। उसके हाथ उठाने से लाली को उसकी आस्तीन पर लगा ख़ून दिखाई पड़ा, उसने आव न देखा ताव अपनी ओढ़नी का सिरा फाड़ा और लगी हिम्मत की बाँह पर बाँधने।

"हट री बावली!" तड़ाक की आवाज़ हुई और हिम्मत का हाथ लाली का गाल लाल कर गया। इतनी देर में सारे तीतर ख़तरा भाँप भागने को हुए, उसने आनन-फ़ानन में बन्दूक़ दागी पर सारे निशाने बेकार गये। उसने बग़ल में गिरी पड़ी लाली को घूरा, लाली ने रोते हुए थप्पड़ से लाल पड़े मुँह से हिम्मत को जीभ चिड़ा दी। अब हिम्मत का पारा रेगिस्तानी मिट्टी से ज़्यादा गर्म था, उसने लाली को गर्दन से पकड़ा और उसे टीले की ऊँचाई से औंधे मुँह लटका दिया।

"बोल अब करेगी?"

"करूँगी सौ बार करूँगी!"

"करेगी? हम्म!" हिम्मत ने उसके शरीर को थोड़ी और ढील दी जिससे वो और नीचे को सरक गयी। अब लाली की जान बस हिम्मत की मुट्ठी में थी, यहाँ हिम्मत की गिरफ़्त उसकी गर्दन पर कमज़ोर हुई, उधर वह सिर के बल ज़मीन पर।

"नहीं करूँगी रे! काली माई की सौगंध नहीं करूँगी" हिम्मत ने उसे वापस खींच लिया। लाली हाँफ रही थी, ख़ून का दौरा सिर में चढ़ जाने से उसकी आँखें लाल हुई पड़ी थीं। चोट और अपमान से वो तिलमिलाई हुई थी, हिम्मत समझ गया कि लाली बर्दाशत करने की आख़िरी सीमा पर है और अब वो कभी भी फूट-फूटकर रो पड़ेगी और फिर चुप भी उसे ही कराना पड़ेगा। सो उसने ख़ुद ही अपनी चोट लगी बाँह आगे कर दी।

"कैसे लगी?" लाली ने पट्टी बाँधते हुए पूछा। वो रोती भी जाती थी और ओढ़नी के सिरे से पट्टी भी करती जाती थी। एक पल में ही वो हिम्मत की मार भूल चुकी थी, उसके आँसू हिम्मत का घाव धो रहे थे और हिम्मत बे-हयाई से अपने दूसरे हाथ में पकड़ी मूली खा रहा था।

"चोट भी मैं खाऊँ और हिसाब भी मैं ही रखूँ? इतना बख़्त नहीं मेरे पास! तू क्या करने आयी थी?"

"मैं तो केर तोड़ने आयी थी, कोई फालतू नहीं हूँ जो भरी दोपहर तीतर-बटेर मारती फिरूँ।" हिम्मत ने आँखें तरेर कर लाली को देखा पर लाली पट्टी बाँधने में व्यस्त थी। लाली की व्यस्तता ने हिम्मत को उसके रूप का दर्शन करने का समय दे दिया: यूँ तो दोनों किसी न किसी बहाने से रोज़ टकरा ही जाते थे पर हिम्मत लाली से सीधे मुँह कम ही बात करता था। इसलिए लाली के रूप से वो अपरिचित ही था और मनुष्य अपनी स्वाभाविक वृति में सर्वप्रथम अपरिचित से परिचित हो अपनी उत्सुकता मिटाना चाहता है। लाली का रंग हिम्मत से कुछ ही ज़्यादा गोरा था, जिससे उसके नैन-नक़्श और उभरे जान पड़ते थे। रेगिस्तान की तपिश ने उसके यौवन पर ग़ज़ब ढा रखा था, जिसका ताप अब हिम्मत पर भारी पड़ रहा था। बालों की लटें उसके चेहरे को ढँक रही थीं, जिसे वो बार-बार अपने होठों से फूँक मारकर दूर कर रही थी। उसे भान ही नहीं था कि हिम्मत का ध्यान उसके चेहरे पर ही है। उसका निश्चल सौंदर्य लोकगीतों में वर्णित बंजारन नायिका के सौंदर्य का उन्मुक्त बखान कर रहा था। हिम्मत ने उसे नज़र भर कर देखा, फिर अपनी आँखें बंद कर गर्व से मुस्कुराने लगा। अब लाली का ध्यान हिम्मत पर गया: तीख़ी नाक वाला सजीला बाँका राजपूत 'हिम्मत', हर समय मरने-मारने को तैयार, अभी कितना पवित्र और ओजस्वी लग रहा है। लाली के कुँवारे मन में ममता मिश्रित प्रेम की लहर दौड़ गयी, उसका मन हुआ कि हिम्मत का सिर उठाकर अपने वक्ष-स्थल पर रख ले और उसे अपना आँचल ओढ़ा कर प्यार से सुला दे। हिम्मत ने ज्यों ही आँखें खोलीं तो लाली को अपनी ही ओर देखता पाया, दोनों इक-दूजे की आँखों में अपना अक्स देख हड़बड़ाकर खड़े हो गये। हिम्मत ने एक भरपूर अँगड़ाई ली और बिना कुछ बोले टीले पर से उतरने लगा, पीछे-पीछे लाली मंद-मंद मुस्काती चल रही थी।

क़स्बा आते-आते दोनों की राहें जुदा हो गयीं, लाली अपने लुहार टोले को चल दी और हिम्मत अपनी पुश्तैनी हवेली की ओर। सूरज डूब गया था, उसकी ओर का आसमान नारंगी हो चला था। लाली और हिम्मत दोनों के मन में अलग-अलग कहानियाँ चल रही थीं- लाली जहाँ आज की

मुलाक़ात पर मन ही मन कभी हँस और कभी तुनक रही थी, वहीं हिम्मत का दिलो-दिमाग़ एक तारीख़ में उलझा था, फ़ौज में भर्ती की तारीख़।

* * *

हिम्मत ने जब से होश सँभाला था तब से उसने फ़ौज में भर्ती होने को ध्येय बना रखा था। उसे अब अपना सपना पूरा होता नज़र आ रहा था, क्योंकि अगले ही महीने सीकर में फ़ौज की भर्ती थी। अब राजा-रजवाड़ों का तो समय था नहीं, सो उसे ठीक-ठीक पता था कि उसके पास ज़्यादा अवसर नहीं हैं। अगर वो जल्द ही सफल नहीं हुआ तो उसे या तो शराब के ठेके पर बैठना पड़ेगा या फिर किसी सरकारी दफ़्तर में अनुबंध पर ड्राइवर लगना पड़ जायेगा, जैसा कि क़स्बे के ज़्यादातर युवक कर रहे थे। पूँजी के नाम पर बस पुरखों की निशानी ये हवेली रह गयी थी, जिस पर भी हिम्मत के चाचा की गन्दी नज़रें थीं इसलिए उसके भी हाथ से निकल जाने का डर लगा रहता था। हिम्मत को ये क़तई मंज़ूर नहीं था कि उसकी विधवा माँ और ये पुरखों की हवेली एक-दूसरे से उसके जीते-जी जुदा हों। उसने अपनी माँ को नींद में अक्सर ये रुदन करते हुए सुना था- 'हिम्मत के बापू, सुहागन तो नहीं मर पायी पर बेघर नहीं मरूँगी।' उसे ये भी पता था कि उसके चाचा के मुक़ाबले वो कमज़ोर पड़ता है। उसका चाचा, 'महेंद्र सिंह' गाँव का सरपंच होने के साथ-साथ अपने समय का कुख्यात गुंडा भी था।

एक वक़्त था, जब उसके चाचा महेंद्र और पिता 'रणवीर सिंह' के लट्टू की तूती उनके जवानी के दिनों में लक्ष्मणगढ़ से पचास-पचास कोस दूर तक बोलती थी। अगर दोनों कहीं साथ खड़े हो जाते थे तो सामने अच्छे-अच्छे पहलवान और लठैत पानी भरते थे। फिर समय के साथ वक़्त ने पलटा खाया: रणवीर तो सरकारी नौकरी में आ गया और कलेक्ट्रेट में बाबू लग गया, पर महेंद्र ने छोटी-मोटी नौकरी करना शान के ख़िलाफ़ समझा। अलबत्ता उसने गुंडई का स्तर ऊपर उठाकर अपने आपको क्षेत्रीय राजनीति में झोंक दिया। उसकी मेहनत और बदनामी रंग भी लायी, पिछले तीन चुनावों से वो लगातार निर्विवाद रूप से लक्ष्मणगढ़ का सरपंच चुना जा रहा था। इस बार उसका खेल बड़ा था, उसकी नज़र लक्ष्मणगढ़ की विधायक सीट पर थी। उसे पता था कि पूरे गाँव में उसकी टक्कर का कोई

नहीं है पर उसे सिर्फ़ एक आदमी का डर था और वो था 'भानु सिंह सिहाग'।

महेंद्र और भानु दोनों गाँव के सरकारी स्कूल में साथ पढ़े थे। बनती उनमें तब भी नहीं थी और अब तो दोनों एक-दूसरे का मुँह भी देखना पसंद नहीं करते थे। यूँ भी राजस्थान में जातिगत समीकरण ऐसे स्पष्ट हैं कि जातियों में परस्पर बैर किंवदंतियों की तरह तय है। कौन-सी जाति किसे सपोर्ट करेगी और कौन-सी काट करेगी, यह जोड़-तोड़ काफ़ी हद तक क्षेत्रीय युवाओं को बचपन से घोट-घोटकर पिलाया जाता है। इसीलिए वे दोनों भी एक-दूसरे को राजनीतिक जीवन के साथ-साथ व्यक्तिगत जीवन में भी अपना चिर प्रतिद्वंद्वी मानते थे। जहाँ महेंद्र के पास लट्ठ और क्षेत्रीय जातिगत राजनीति की ताक़त थी, वहीं भानु के पास पैसों का अथाह भण्डार था; इस बार के विधानसभा चुनाव में लक्ष्मणगढ़ की विधायक सीट पर उसकी भी नज़रें थीं।

"आ गयी अपने निसानची से मिलकर!" टोले की तरफ़ बढ़ती लाली पर उसकी बचपन की सहेली कमली ने कटाक्ष किया। लाली ने दूर से ही उसे अपनी बड़ी-बड़ी आँखें दिखायीं और बनावटी अंदाज़ में चुप रहने के लिए हाथ जोड़े और टोले के पीछे जहाँ वे रोज़ अपने दुख-सुख बाँटती थी, वहाँ मिलने के लिए इशारे से पहुँचने को कहा। थोड़ी ही देर में दोनों सहेलियों के ठहाकों से पूरा टोला गूँज रहा था। कमली रोज़ लाली की बढ़त जानने को उत्सुक रहती थी, उसकी नज़र में लाली और हिम्मत में प्रेम प्रसंग चल रहा था। लाली की नज़र में ऐसा कुछ नहीं था, पर हिम्मत का ज़िक्र आते ही उसके गाल लाल हो जाते थे और उनमें हया से भरे गड्ढे पड़ जाते थे। कमली लाली के बहाने अपने यौवन को जी लेती थी, वरना उसमें इतनी हिम्मत नहीं थी कि अपने ख़तरनाक भाई कालू के रहते कहीं अपनी आँखें चार कर पाती; उसे अपनी नियति पता थी। किसी भी दिन भेड़ों के रेवड़ के बदले उसकी तक़दीर का फ़ैसला उसके बाप और भाई के हाथों ले लिया जाना था। कमली का बाप तो उज्जड गँवार था, वो कभी-कभार ही घर पर दिखता था। वरना अलसुबह ही भेड़ों का रेवड़ लेकर, भूत बनकर जंगल की ख़ाक छानने निकल पड़ता था और भाई अव्वल दर्जे

का सरफिरा शराबी, शबाबी, डकैत, लठैत और न जाने क्या-क्या; ऐसा कौन-सा अपराध था जो उसके हाथों न हुआ हो। जितने आसपास के गाँवों के चोर-उच्चके उसे जानते थे, उतना ही पुलिस वाले भी पहचानते थे।

कालू के दिमाग़ में अपने भविष्य की तस्वीर बेहद साफ़ थी। उसे किसी भी तरह अपनी उठाईगिरी का स्तर उठाकर बड़ा भू-माफ़िया बनना था और राजनैतिक संरक्षण प्राप्त करना था। उसे अपनी ख़ानाबदोश ज़िन्दगी से नफ़रत थी, वो इस घुमन्तु ज़िन्दगी को ठीक नहीं मानता था। वो कमली से बड़ा था, सो उसने देखा था अपने टोले के मर्दों को एक गाँव से दूसरे गाँव फिरते हुए रेवड़ चराते हुए और औरतों को गाँव में यहाँ-वहाँ भीख माँगते हुए। उसकी माँ भी इसी भटका-भटकी में ही सस्ती मौत मर गयी थी; अब उसकी याद भी शेष न रही थी। वो तो भला रहा हिम्मत के पिता रणवीर सिंह का, जिन्होंने तत्कालीन कलेक्टर साहब से इल्तिजा करके इनके लुहार टोले को एक सरकारी परियोजना में भेड़ पालन से जोड़कर लक्ष्मणगढ़ क़स्बे के ठीक बाहर ही रहने के लिए थोड़ी जगह दिलवा दी। सरकार का टारगेट पूरा हुआ और इस लुहार टोले को एक स्थायी ठीया मिला। बस उस दिन के बाद से ही कालू का परिवार और उसका टोला, लक्ष्मणगढ़ के बाहर बस गया था। पूरा टोला रणवीर सिंह और उसके परिवार का अपने ऊपर यह उपकार मानता था और उन्हें अपना अन्नदाता कहता था। बस कालू वक़्त के साथ उस उपकार के बोझ की गठरी को मन ही मन हल्का करते जा रहा था। अभी टोले के युवाओं की और स्वयं उसकी नज़र में वही टोले का आगामी मुखिया था। जवान ख़ून के हाथों में ताक़त यूँ होती है, 'ज्यों बिन पलीते का बारुद, फटने को बेक़रार'। सिर्फ़ वजह का पलीता मिलने की देर भर और वो अब फटा कि तब फटा। कालू और लाली की पटरी मेल नहीं खाती थी, दोनों बचपन से ही लड़ते आये थे और अब भी जब-तब लड़ ही लेते थे। पहले जहाँ एक-दूसरे के बाल खींचकर या थप्पड़ों से गाल लाल करके चैन मिल जाया करता था, वहीं अब लाली कटार निकाल लिया करती थी और कालू उसका यौवन यूँ बेशर्मी से निहारने लग जाता कि आज नहीं तो कल उससे हिसाब बराबर कर ही लेगा, तब लाली ही मैदान छोड़कर भाग खड़ी होती थी। कालू की नज़र में लाली उसी की थी, उसे लाली के दिल की न थाह थी, न ही परवाह।

लाली के दिल का हाल उसकी सगी मौसी को पता था, जिसके साथ लाली बचपन से रहती आयी थी। वैसे लाली को अपने बारे में सिर्फ़ इतना पता था कि उसके पैदा होते ही उसे माँ-बाप ने छोड़ दिया था और मौसी उसे अपने साथ ले आयी थी। मौसी का अपना कहने को कोई नहीं था। जवानी टोले के साथ घूमते, नित-नये सम्बन्ध रचने-तोड़ने में, अय्याशी, नाच-गाना, मजूरी और ढोर-डंगर के साथ गुज़र गयी। अब बुढ़ापे की लकीरें बालों से झाँकने लगीं तो ख़ुद की और जवान लड़की की सुध हो आयी। सो जीवन भर की जमा-पूँजी से मौसी ने चार दुधारू चौपाये ख़रीद लिये थे, उन्हीं के दूध-दही को बेचने से उसके घर का चूल्हा रंग बदलता था। मौसी की नज़र में अब लाली भरी-पूरी औरत बन चुकी थी और उसे अब वही करना चाहिए जो इस उम्र की औरतों को करना चाहिए। पर उसके दिल का एक कोना लाली को ख़ुद से दूर भी नहीं देख सकता था, इसलिए वो उससे घर बसाने जैसी कोई बात नहीं करती थी; साथ ही उसका दिल डरता भी था लाली और हिम्मत को लेकर। वो जानती थी कि ये रिश्ता एक दिन कोई न कोई अज़ाब उनकी और टोले की ज़िन्दगी में लेकर आयेगा पर वो लाली को अपने मन की करने से नहीं रोकती थी और रोकती भी किस मुँह से!

"आ गयी महारानी! चल जल्दी से दूध काढ़, देर हो गयी तो ग्राहक चिल्लायेंगे।"

"हाँ हाँ! जा रही हूँ। पहले बता तूने खाना खाया?" गायों की तरफ़ जाती लाली ने मौसी से पूछा।

"हौ, खा लियो! थोड़ा मिर्ची कम डालाकर री, अब ना पचे मोसे तीखा।"

"क्यों मौसी, बुढ़ा गयी के अभी से?"

"अरी चाल री छोरी! ले आ टोले से किसी भी जवान को, हँफा-हँफाकर मार ना दूँ तो बिजली मेरा नाम नहीं!"

"अब किसकी मत मारी गयी है जो बूढ़ी बिजली के झटके खाने आयेगा।" लाली बिजली को जोश दिलाकर हल्के-से उसकी टाँग खींचती।

"हैं-हैं... क्या बोली करमजली!" ये खींच-तान दोनों के बीच रोज़ की थी। यूँ तो दोनों माँ-बेटी सी रहती थीं पर अक्सर सास-बहू का किरदार भी

ख़ुद ही निभा लेती थीं। तुनकती-ठुनकती लाली गायों को चारा डाल दूध दुहने बैठ जाती, बीच-बीच में मौसी हाँक लगा लेती थी। क्योंकि उसे पता था यदि आवाज़ नहीं लगायी तो लाली एक ही गाय के थन भींच-भींचकर हंडिया में हवा भरती रहेगी और हिम्मत के सपने लेती रहेगी।

रोज़ की ग्राहकी में एक घर हिम्मत का भी था, बल्कि पहला ही था और सबसे पुराना भी। लाली को तब से याद है जब मौसी ने नया-नया दूध पहुँचाना शुरू ही किया था और वो मौसी के साथ-साथ पिछलग्गू-सी चल पड़ती थी; उन्हीं दिनों उसने पहली बार हिम्मत को देखा था। वो अपनी साइकिल हवेली के अहाते में रखकर अंदर घुस ही रहा था, दोनों की नज़रें एक पल को मिलीं- पंद्रह बरस की लाली के गालों पर उस दिन पहली बार लाली छायी थी। वो समझ ही न पायी कि उसे हिम्मत के सामने शर्म क्यों आयी, पर कुछ था जो दिल में धड़क कर रह गया था। उस दिन हिम्मत की माँ ने ही मौसी और लाली से हिम्मत का परिचय करवाया था और कहा था कि यदि वे घर में न हो तो हिम्मत दूध ले लिया करे। उस वक़्त हवेली में बड़ी रौनक़ रहती थी, क्योंकि हिम्मत के पिता जीवित थे। वे आधुनिक विचारों के आदमी थे, उन्हीं की बदौलत लाली की मौसी हवेली में दूध बेचने को क़दम रख पायी थी और फिर धीरे-धीरे आस-पास के और घर भी मिलते चले गये। लाली उस दिन से बिना नागा हर दिन मौसी के साथ दूध देने आती रही। धीरे-धीरे मौसी ने उसी को भेजना शुरू कर दिया और इस रोज़-रोज़ की परेड से अपना पीछा छुड़ा लिया। कभी-कभी तो यूँ भी हुआ कि दूध किसी कारण ख़राब हो गया या गिर गया, तो भी लाली हवेली पर ये बताने गयी कि आज वो दूध नहीं ला पायेगी और हिम्मत की माँ इसे लाली की नेकदिली समझ लेती; पर लाली को तो रोज़ हिम्मत को देखना हुआ, चाहे बहाने से सही। हाँ! यही ख़बर हवेली से पाँच-छः घर आगे तक नहीं पहुँच पाती थी, यहाँ हिम्मत की हवेली का फेरा हुआ वहाँ उसकी ड्यूटी ख़त्म।

* * *

हिम्मत ने घर में घुसने से पहले अपनी बन्दूक़ हमेशा की तरह नुक्कड़ वाले बिशन काका की दुकान में रख दी थी। जब से उसके निशाने पक्के होने

हिम्मत की लाली

लगे थे और वो हम-उम्र लड़कों से निशाना लगाने की शर्तें जीतने लगा था, उन्हीं दिनों की शुरूआत में उसने अपने जीते हुए पैसों से ये बन्दूक़ ख़रीदी थी; ख़रीदने के साथ ही वो उसे काका की दुकान में रखता और छिपाता आया था। उसे अपनी माँ का स्वभाव पता था, उसकी माँ को बन्दूक़ से सख़्त नफ़रत थी। वो अपने पीहर में बचपन से ही हथियारों का उत्पात देखते हुए बड़ी हुई थी और एक वक़्त के बाद उसे बन्दूक़ और इस ख़ूनी उन्माद से घृणा हो गयी थी। अपने पति रणवीर सिंह की लाठी छुड़वा उन्हें सचिवालय में क़लम घिसने के पीछे भी हिम्मत की माँ 'नीरजा' का ही हाथ था। सो हिम्मत अपनी माँ की ख़ुशी में अपनी ख़ुशी मानते हुए अपनी बन्दूक़ कभी हवेली लेकर नहीं आता था। आज भी वो ख़ाली हाथ ही हवेली में घुसा था और उसने अपनी माँ को आँगन में बिछी चारपाई पर बैठे हुए शून्य में तकता हुआ पाया। शून्य में तकना अपने आप में एक मौन प्रार्थना-सा ही है। निःशब्द, निःस्वार्थ, निष्पक्ष, एक मूक प्रार्थना उठती है कहीं अंदर से, और गहरे में उतरने के लिए; ऐसे वक़्त पर श्वास भी कहीं खो जाती है। अभी यही हालत नीरजा की भी थी, हिम्मत अपनी माँ को ऐसे देख बेहद घबरा जाता था। उसे समझ नहीं आता था ऐसे वक़्त में क्या प्रतिक्रिया दे और उनका ध्यान अपनी ओर या किसी भी ओर कैसे बटाये। पर कुछ समय बाद नीरजा ख़ुद-ब-ख़ुद ही अपने में लौट आती थी। बस ऐसे ही माँ-बेटे जिये जाते थे, बिना किसी अपेक्षा और शिकायत के।

शाम पड़े घर लौटती परिंदों की क़तारों के कोलाहल ने नीरजा को ख़ुद में वापस लौटाया। वह अपने आपको समेटकर उठने को हुई तो यकायक सामने हिम्मत को खड़ा देखकर झेंप गयी और सोचने लगी कि उसका जवान लड़का भी क्या सोचता होगा कि उसकी बुढ़ाती माँ सठियाने लगी है। उसने ख़ुद को सँभाला और रात के निवाले का बंदोबस्त करने रसोई की तरफ़ चल दी। हिम्मत चुप क़दमों से सीढ़ियाँ चढ़कर अपने कमरे में चला गया। उसका कमरा पहली मंज़िल पर था, छोटा नीला पुता कमरा जिसमें राज्यवर्धन सिंह राठौड़, अभिनव बिंद्रा और मॉरो डी फ़िलिप्स के पोस्टर्स थे। एक छोटी टेबल थी जिस पर सामान और किताबों का बराबर का सा ढेर लगा था और एक पुराना मोबाइल फ़ोन रखा था जिस पर शायद ही

कोई फ़ोन करता होगा और उससे फ़ोन भी कभी किया गया होगा, इस बात पर भी शक किया जा सकता है। हिम्मत ने बैठने लायक़ जगह बनायी और ख़ुद के बनाये हुए टाइम-टेबल पर नज़र डाली। उसने उसमें कुछ जगह सही और ग़लत के निशान लगाये, फिर घड़ी में सुबह का अलार्म सेट किया। एक बार अपना वज़न मापा, शीशे के सामने खड़े होकर सीना फुलाया और गिराया। फिर रस्सी उठाकर बाहर खुली छत पर आकर कूदने लगा। अभी उसने बमुश्किल ढाई-तीन सौ बार ही रस्सी कूदी थी कि नीचे हवेली का दरवाज़ा खड़खड़ाने की आवाज़ हुई, उसकी माँ रसोई से ही बोली-

"कुँवर ज़रा देखिये तो।" मन मारकर हिम्मत रस्सी कूदना छोड़ नीचे उतरा। उसका कसरती शरीर अभी बनियान और चुस्त नेकर में पसीना बहाने को मचल रहा था। वो भुनभुनाता हुआ दरवाज़े तक आया तो देखता है कि लाली दूध लिये खड़ी थी। लाली से आज तक जब-जब भी हिम्मत ने दूध लिया तो लाली ने एक-आध सेर ज़्यादा ही दिया, पर ऐसे मौक़े बहुत ही कम आते थे जब हिम्मत को दूध लेना पड़ा हो और अभी ऐसा ही मौक़ा था। दिन में काटा बवाल अभी हिम्मत भूला नहीं था, सो वो लाली से हल्का तना भी हुआ था। उसने दूध की डोलची लाली के सामने कर दी पर उसकी तरफ़ न देखकर, गर्दन दूसरी ओर घुमा ली। लाली को भी ठिठोली सूझी वो भी दूध आधा बर्तन में और आधा हिम्मत की टांग पर उढ़ेलने लगी। हिम्मत हकबकाकर पीछे को उछला, इसी उछल-कूद में डोलची फिसली और सारा दूध मिट्टी में मिल मिट्टी हो गया। हिम्मत ने ग़ुस्से में लाली की चोटी पकड़ ली-

"आयी...सी.. सी..! छोड़ो वरना चिल्लाऊँगी।"

"चिल्ला!" कहकर हिम्मत ने अपने हाथों का दबाव बढ़ाया। लाली से बर्दाश्त नहीं हुआ तो उसने चिल्लाने को मुँह खोला पर उसकी आवाज़ बाहर निकल पाती उससे पहले हिम्मत ने अपना हाथ उसके होंठो पर रख दिया। लाली का दर्द कहीं ग़ायब हो गया और उसके शरीर में कंपकंपी छूट गयी, जिसे हिम्मत ने भी महसूस किया। हिम्मत का दबाव हल्का पड़ने लगा, उसका हाथ लाली के होंठो से नीचे को सरका और उसकी ठोड़ी से

गले पर सरकता-सरकता गर्दन में पड़ने वाले गड्ढे तक आकर रुक गया। दोनों की साँसें ऊपर-नीचे हो गयीं, लाली की आँखें बंद-सी होने लगीं। हिम्मत का गला सूखने लगा और टाँगें काँपने लगीं, वो चुपचाप पीछे हट गया और डोलची एक तरफ़ रख दी। आज यकायक कुछ ऐसा हो गया था जो अब तक नहीं हुआ था। दुबारा डोलची कब भरी कब लाली पलटकर गली में वापस चल दी, कब हिम्मत छत पर जा सूख रही पापड़-मंगोड़ियों पर ढह गया, किसी को ख़बर नहीं हुई। लाली बाक़ी घरों में दूध दिये बिना ही लौट गयी थी; आज उसे उम्मीद से ज़्यादा हिम्मत मिल गया था। सारे रास्ते वो मुस्कुराती, शर्माती और किलकारियाँ मारती रही। रास्ते भर कोई मंदिर ऐसा नहीं गया जहाँ उसने मन ही मन कुछ न मनाया हो और सिर नहीं झुकाया हो। अब उसकी आँखें कमली को दिल का हाल बताने के लिए तड़प रही थीं।

***

मगर क़िस्मत में कालू से ही टकराना हो तो कोई किसे रोये। कमली को आवाज़ देने पर कालू खीसें निपोरता हुआ झोंपे से निकला। तम्बाखू से पीले सने दाँतों के बीच में सोने के पानी की पोलिश देकर पीला करा हुआ दाँत, कालू के डरावने व्यक्तित्व में इज़ाफ़ा ही करता था।

"वो ना है, मोसे काम चला ले।" कालू ने सीने के बालों पर हाथ मलते हुए बोला।

"चल हट!" लाली पलटकर जाने को हुई। कालू इतनी आसानी से कैसे जाने देता, उसने एक नज़र आस-पास डाली, कोई नहीं था। सो उसने पीछे से लाली को अपने दोनों हाथों का घेरा बनाकर जकड़ना चाहा। लाली उसकी नीयत पहले ही भाँप चुकी थी और कटार जो उसकी कमर से बँधी और घाघरे में छुपी हुई थी, उसे बाहर निकाल चुकी थी। जैसे ही कालू ने उसे अपने पास करने को भींचा, लाली की कटार का एक वार कालू की बाँह को रेशम की तरह कोहनी से कलाई तक काटता चला गया। कालू ने तुरंत हाथ पीछे खींचे। पहले एक सफ़ेद लकीर दिखाई दी, फिर जलन की तीखी लहर उस घाव में दौड़ने लगी और देखते ही देखते उस लकीर का रंग लाल होने लगा और उसमें से टप-टप ख़ून बहने लगा। कालू की आँखों में

कुछ पल के लिए दर्द की लहरें उठीं, फिर उनकी जगह अभिमान ने ले ली, वो हँसने लगा।

"वाह मेरी लुहारण वाह! रूप से भी मारे और कटार से भी। भई! मजो आ गयो, आज मिलो है कोई कालू की टक्कर को"

"मिल गया न? फिर औक़ात में रह!" लाली के कटाक्ष से कालू तिलमिला उठा। इससे पहले कि बात आगे बढ़ती, लाली को कालू के पीछे से कमली आती दिखी। कमली ने हवा में फैला तनाव महसूस किया, कालू की ख़ून टपकाती बाँह पर उड़ती-उड़ती निगाह डाली पर कहा कुछ नहीं। उसने लाली को आँखों ही आँखों में इशारा दे दिया कि 'तू चल मैं पीछे-पीछे आ रही हूँ।' और कालू को पीछे छोड़ दोनों सहेलियाँ उस दिशा में बढ़ गयीं, जहाँ उनकी बातों और क़हक़हों को उनके अलावा सुनने वाला कोई और न था।

सभी के लिए वक़्त तेज़ी से चल रहा था और सबकी उससे कुछ अपेक्षाएँ भी थीं। उनका पूरा होना या अधूरा रह जाना ही इस काल को अमुक व्यक्ति के द्वारा अच्छा या बुरा परिभाषित करेगा। कोई बार-बार इसी समय को फिर से जीना चाहेगा और कोई ख़ैर मनायेगा कि ऐसा वक़्त फिर कभी लौटकर नहीं आये। वक़्त तो तेज़ी से महेंद्र सिंह के लिए भी दौड़ रहा था, उसकी आँखों में रह-रहकर अपने बड़े भाई रणवीर सिंह की हवेली नाच उठती थी। उसे अपनी कुर्सी पाने की हवस इस हवेली के बेचे जाने से पूरी होती दिखती थी; आख़िर चुनाव सिर्फ़ डंडे के बल और जातिगत समीकरण के बूते तो नहीं जीता जा सकता। पर वो जानता था कि उसकी भाभी इसके लिए जीते-जी तो राज़ी नहीं होगी। हवेली थी भी नीरजा के नाम, इसलिए महेंद्र बेबसी का घूँट पीकर रह जाता था। वैसे तो एक समय पर वो भी हवेली में हिस्सेदार था, पर उसके आये-दिन के झगड़ों और टंटों से परेशान होकर रणवीर ने उसे उसका हिस्सा देकर हवेली से बे-दख़ल कर दिया था और हवेली की रजिस्ट्री अपनी बीवी नीरजा के नाम करवा दी थी। फिर भी यदा-कदा महेंद्र का क्षत्रिय ख़ून उबाल मार ही जाता था और वो हवेली आ धमकता था और ख़ूब हो-हल्ला करता था। कुछ वक़्त तक तो रणवीर ने महेंद्र को सहा भी और समझाया भी पर जब

उसकी उधमबाज़ी बंद नहीं हुई तो एक दिन रणवीर का हाथ उठ गया। अपने भतीजे और भाभी के सामने हुए इस अपमान को महेंद्र न पचा पाया और न ही भुला पाया। वो अपने अंदर इस गुस्से को सालता रहा और सही वक़्त पर हिसाब चुकता करने का इंतज़ार करने लगा, पर वो मौक़ा कभी आया नहीं क्योंकि असमय रणवीर सिंह सड़क दुर्घटना का शिकार होकर चल बसा। महेंद्र अपने भाई की ग़मी तक में न आया, तब से जो अबोला पसरा वो अब तलक ख़त्म नहीं हुआ था। कभी भूले-भटके वो उस गली से गुज़रता तो अपनी भाभी को हवेली के दरवाज़े से ही आवाज़ देकर हाल-चाल पूछ लेता और इस बहाने एक भरपूर नज़र हवेली पर भी मार लेता। न नीरजा उसे अंदर आने को कहती न वो अंदर आने को पूछता, बस यूँ ही देहरी से रिश्ता निभाया जा रहा था।

इन सबके बीच वक़्त सरक कर अगले महीने की दहलीज़ छू रहा था। हिम्मत का पूरा ध्यान अपनी तैयारी पर था और जब भी उसका ध्यान तैयारी पर नहीं होता था तो लाली पर होता था। हिम्मत ने मन ही मन लाली के लिए कुछ सोच लिया था, पर पहले वो फ़ौज के इस इम्तिहान को पास करना चाहता था। वो तो हिम्मत उम्र में छोटा रह गया वरना पिता की जगह अनुकम्पा नियुक्ति पा गया होता; तब उसे पिता के सहकर्मियों की हमदर्दी और कलेक्टर साहब का आश्रय भी प्राप्त था। अब हालात अलग थे, कलेक्टर साहब दूसरे आ गये थे। सरकारी नौकरियों पर सरकार ने भी अघोषित बैन-सा लगा रहा था और उसकी फ़ाइल को सरकाने वाले उसके पिता के सहकर्मी भी या तो यहाँ-वहाँ ट्रांसफ़र हो चुके थे या फिर रिटायर। रणवीर की पेंशन से ही नीरजा ने सब कुछ सँभाल लिया और अपने सपनों के पंख हिम्मत को दे दिये थे। हिम्मत ने भी कोई कसर नहीं छोड़ी और अपने आपको जी-जान से फ़ौज की तैयारी में झोंक दिया था। विधायकी के लिए यूँ तो महेंद्र ने भी अपना सब कुछ राजनीति में झोंक रखा था, तभी तो आये दिन उसके चक्कर लगते रहते थे 'जयपुर' के।

* * *

"देख महेंद्र! पार्टी मानती है कि तेरी दावेदारी में दम है और तू वोट बैंक भी खींच लेगा, पर तुझे तो पता ही है चुनाव में ख़र्चा कितना होता

है।" महेंद्र इस वक़्त जयपुर में 'राष्ट्रीय जनादर्न पार्टी' के मुख्यालय में, प्रदेशाध्यक्ष 'कमल जोशी' के सामने बैठा हुआ था। जोशी जी पार्टी के पुराने कद्दावर नेता थे, पूरे प्रदेश में उनकी तूती बोलती थी; उनका कहा मानो दिल्ली का कहा होता था। इस वक़्त जोशी जी उसे चुनाव का गणित समझा रहे थे। दरअस्ल पार्टी भी समझती थी कि महेंद्र सिंह सशक्त उम्मीदवार तो है, पर फुक़रा है। इस वक़्त पार्टी टिकट देने को ऐसा उम्मीदवार ढूँढ़ रही थी, जिससे जातिगत समीकरण भी न बिगड़े और वोट बैंक भी प्रभावित न हो। महेंद्र से पार्टी फ़ण्ड में कुछ इज़ाफ़ा होगा, ऐसा जोशी जी का मानना नहीं था; वो उसकी माली हालत जानते थे।

"हुकुम! आप एक बार मौक़ा तो दो, पार्टी की नाक नीचे नहीं होने दूँगा।"

"चल ठीक है! फिर एक काम कर, अगले हफ़्ते तक दो करोड़ ले आ और टिकट ले जा।" जोशी ने फ़ाइल से सिर उठाते हुए बोला। रक़म सुनकर महेंद्र के चेहरे पर हवाइयाँ उड़ने लगीं। वो जानता था कि विधायक की टिकट के लिए ये रक़म कुछ भी नहीं, पर वो कहाँ से जुगाड़ करे ये बड़ा प्रश्न था।

"ठीक है मालिक! मैं अगले हफ़्ते मिलता हूँ।"

"पैसों के साथ!" जोशी ने आख़िरी बार चेतावनी भरे लहजे में समझा दिया।

"जी-जी... घणीखम्मा।" उसने जोशी को हाथ जोड़े और कमरे से बाहर निकल आया। मुख्यालय से बाहर आकर चाय की थड़ी पर वो सुस्ताने अभी बैठा ही था कि एक फ़ॉर्च्युनर को उसने मुख्यालय के बाहर लगते देखा। उसने थड़ी की ओट ले ली, वो इस गाड़ी को पहचानता था ये गाड़ी भानु सिंह सिहाग की थी। उसका कलेजा धक् कर गया जब उसने भानु को मुख्यालय में ब्रीफ़केस सहित जाते देखा। उसे अपनी विधायकी की कुर्सी आने से पहले जाती दिखने लगी, उसकी आँखों में ख़ून उतर आया। उसे समझ में आ गया कि अब पल-पल क़ीमती है, उसे जल्द से जल्द पैसों का इंतज़ाम करके जोशी से अगले हफ़्ते मिलकर क़िला फ़तेह करना ही

पड़ेगा। वरना ये उसके राजनैतिक करियर का अंतिम चुनाव होगा। उसने बची हुई चाय फेंकी और मूछों पर ताव देता हुआ अपनी बोलेरो में सवार होकर लक्ष्मणगढ़ लौटने को हुआ।

'सूर्यास्त और कालू मस्त' ये कालू की दिनचर्या का हिस्सा था। यहाँ सूरज ने आँखें फेरीं और वहाँ कालू ने बोतल मुँह लगायी। मन अगर विचार तपाने की भट्टी है तो आदमी का शरीर हर तरह का खान-पान पचाने की भट्टी है। भूख लगी हो और आप इसमें अनाज के साथ कंकड़ भी डाल दो, तो एक बार को तो वो भी पच जाये फिर शराब की हस्ती ही क्या है! कालू अपनी मस्त फ़ितरत में पूरी सड़क पर लहरा-लहराकर चल रहा था। यूँ तो शाम पड़े राजस्थान के गाँव-देहात में इस तरह के किरदार मिल ही जाते हैं पर उस शाम महेंद्र को भी कहाँ होश था। उसे शाम के धुँधलके में जब तक कालू दिखा तब तक बहुत देर हो चुकी थी, बहुत सँभालने पर भी उसकी गाड़ी कालू के बग़ल से निकलकर खेत की मेढ़ पर जा चढ़ी।

"किस माँ के जने की मौत आयी है!" जीप से उतरते ही वो गरजा। इधर कालू भी सँभल चुका था, वो ख़ुद चलकर महेंद्र के पास आया।

"मेरी मौत आयी है हुकुम... मेरी!" अपने सीने पर हाथ मारते हुए कालू नशे में लड़खड़ाया। महेंद्र की कनपटी दाँतों को भींचने से फूल गयी, उसने कालू का गिरेबान पकड़ लिया। जिस पर कालू ने अपनी नशीली आँखों से महेंद्र को यूँ तरेरा जैसे उसने बहुत बड़ी ग़लती कर दी। तिस पर महेंद्र का हाथ कालू के गाल की तरफ़ बढ़ा, जिसे कालू ने बीच में ही रोक लिया। बस फिर क्या था दोनों आवारा साँडों की तरह भिड़ पड़े। आज सालों बाद महेंद्र को कोई अपनी टक्कर का मिला था, पर लड़ते-लड़ते महेंद्र को ये पता लग गया था कि वो कालू से पार नहीं पा पायेगा; आख़िर उम्र भी कोई चीज़ होती है। सो उसने कालू को एक बार पूरा दम लगाकर अपने से दूर धकेला और हाथ ऊपर उठाकर लड़ाई रोकने का इशारा किया।

"बस कर रे!"

"मारोगे नहीं हुकुम?" कालू ने परिहास किया।

"बहादुर आदमी मारने के लिए नहीं, दोस्ती के लिए होता है। कौन

जात है?” (गाँव में ये अजब परम्परा है, नाम पूछने से पहले ही जात पूछ ली जाती है।)

“महाराणा प्रताप रो वंशज, धोंकनी को जाया लुहार।”

“दिल ख़ुश कर दिया भई! आज सालों बाद कोई मर्द मिला शाबाश।” अपनी तारीफ़ एक पैसे वाले राजपूत के मुँह से सुनकर कालू गर्व से भर उठा। जिस जाति ने जीवनपर्यन्त तिरस्कार ही झेला हो, उसके लिए प्रशंसा के दो बोल भी बहुत मायने रखते हैं। अब कालू ढीला पड़ चुका था, वो भी महेंद्र के लड़ने के तरीक़े और ताक़त से प्रभावित हुआ था। इसलिए जहाँ मामला बराबरी पर छूटता है, वहाँ दो वीर परस्पर एक-दूसरे को सराहते ही हैं।

“कहीं चोट तो नहीं लगी हुकुम? आपणे गिरेबान पकड़ ली, सो मने समझ कोणी आयो कुछ!”

“चाल रे कोई कोणी। आज को कोटो पूरो हो गया के, कसर बाक़ी है?” महेंद्र की बात का मतलब समझ, कालू ने खींसे निपोरी पर कहा कुछ नहीं। तिस पर महेंद्र ने ख़ुद ही एक सस्ती एरिस्टोक्रेट की आधी बची बोतल उसे दो फ़ीट दूरी रखते हुए पकड़ा दी। कालू तो मानो गुलाम हो गया महेंद्र की दिलदारी का।

“हुकुम-हुकुम...बड़े हुकुम!” आज महेंद्र अपने आपको छोटे-मोटे राजा से कम नहीं समझ रहा था; कालू तो वैसे भी उसकी प्रजा बन ही गया था।

“कोई बड़ी बात नहीं! कभी और चाहिये तो आ जाना पंचायत के पीछे वाली गली में, अकेली बोलेरो अपनी ही है।”

“अरे! सरपंच हुकुम, म्हारे से बड़ी ग़लती हो गयी। थे बोलेरो री बात बोली तो म्हाणे याद आयो के मैं किससे भिड़ पड़ो। सरपंच हुज़ूर, भूल-चूक लेनी-देनी! कोई बात दिल पर मति लेना। मन करे तो दस जूती अभी मार लो।” इस चिरोरी पर महेंद्र और भी फूल गया। उसने मूछों पर ताव दिया और गाड़ी को झटके से बैक लिया और गाड़ी धूल उड़ाती हुई धुएँ में ग़ायब हो गयी। उसके जाते ही कालू ने मुँह पर बोतल लगा ली और गला फाड़कर

अश्लील लोकगीत गाने लगा। आज एक दोस्ती की बुनियाद पड़ चुकी थी, जो निकट भविष्य में बहुत रंग ढाने वाली थी।

* * *

उधर भानु बेचैनी से अपनी आलिशान कोठी में इधर से उधर चक्कर काट रहा था। उसे ऐसे परेशान देख उसके छोटे भाई ने आख़िरकार उसकी परेशानी का सबब पूछ ही लिया-

"के बात हो गयी भाईसाहब?"

"अरे कोई बड़ी बात न है, पर आज पीसो नीचे रह गयो और जाति ऊपर ने आ गयी!"

"कैसे?"

"जोशी ने पैसे नहीं क़ुबूले, बोला सीट का फ़ैसला हाईकमान करेंगे। मैं भी समझूँ हूँ इन बातां ने, पर अब शेखावाटी में जाट कठे सूं पैदा करूँ।"

"माना जाट बहुल क्षेत्र नहीं है, पर आप भूल रहे हो पैसों की ताक़त को। जो आपके विरुद्ध खड़ा हो रहा है उसे ही ले देकर बैठा दो। न रहेगा बाँस न बजेगी बाँसुरी।"

"और कोई होतो तो बैठा दियो होतो, पर महेंद्र ने कइयां बिठाऊँ?"

"हम्म! फेर तो लट्टु रो जोर ही चालेगो।"

"हर वक़्त ताक़त दिखाने का नहीं होता न छोटे, और चुनाव के मौसम में की गयी एक छोटी ग़लती अपने विरोधी को फ़ायदा पहुँचा सकती है। इसलिये अभी अपने घोड़े क़ाबू में रखने का टेम है।" कहते हुए भानु ने अपने छोटे भाई 'हर्ष' के कंधँ पर हाथ रखा और दोनों भाई फिर खाना खाने डाइनिंग-रूम की ओर बढ़ गये।

* * *

इधर देर रात बिजली की आँखों में नींद नहीं थी। वो बार-बार करवट बदल रही थी, उसकी कसमसाहट से बग़ल में सो रही लाली की भी नींद टूट गयी। बिजली को भी पता लग गया कि लाली जाग चुकी है, अब दोनों

की आँखें छत पर लगी हुई थीं।

"दुनिया कितनी कुत्ती है न लाली?"

"वो क्यों मौसी?"

"दिल का नहीं करने देती!"

"मैं तो नहीं डरती किसी से, जो मन में आता है वही करती हूँ।"

"हाँ री! यही देख-देखकर तो मेरा जिया डोल जावे है। अपने हिवड़े का करणे वास्ते शेरनी का जिगर चाहिए।"

"तो तुझे शक है मौसी, मेरे शेरनी होने में?"

"अरे! वो बात न है, पर डर तो लागे ही है। तू अब बच्ची कहाँ रही! अब तो जवान छम्मकछल्लो हुई जा रही है।" कहकर मौसी ने अचानक से उसकी कमर में च्यूंटी काटी।

"आई माँ! मौसी तुम तो अभी भी करंट मारती हो।"

"क्या बोली करमजली!" हँसती हुई दोनों लिपट गयीं।

"जो तेरे दिल में है न बच्ची, वही मेरे दिल में है। बस डर लगता है, ये ज़माना बड़ा बेदर्द है इसे प्यार करने वालों का दिल तोड़ने में बड़ा मज़ा आता है।"

"अरे मौसी! तू चिंता मत कर, तेरी शेरनी किसी शेर के पल्ले ही पड़ेगी।"

"हम्म! जो दूध पीता हो!"

"हैं!!" लाली मौसी की बात का मतलब समझ, शर्म से लाल हुई और फिर दोनों यूँ ही थोड़ी छेड़ करके एक-दूसरे के सुखों में अपना सुख लेती हुई सो गयी।

* * *

यूँ तो सोने की कोशिश तो नीरजा भी कर रही थी, पर उन ख़ाली आँखों में नींद आने को राज़ी नहीं हो रही थी। वो एक मौन संवाद कर रही थी अपने

स्वर्गीय पति रणवीर से।

'क्यों छोड़ गये मुझे अकेला ! ये तो बस हिम्मत की वजह से जी रही हूँ वरना जमवाय माँ की सौगंध, आपके पास कब की आ चुकी होती। जब-जब हिम्मत को देखती हूँ उसमें आपकी झलक दिख जाती है। आँखें तो पूरी आप-सी हैं और मूँछें भी वैसी ही नुकीली। पता है कभी-कभी देवर सा आ जाते हैं, सो उनसे द्वार पर ही रामा-शामा हो जाती है पर उनकी निगाहें चौखट के अंदर ही घूमती रहती हैं। उन आँखों में मुझे कुछ गहरा सपना पनपता नज़र आता है। कभी-कभी मैं अनिष्ट की आशंका से घबरा भी जाती हूँ, ऐसा लगता है जैसे उन्हें अभी भी हवेली की चाह है। हिम्मत का कुछ हो जाये और घर बस जाये तो मुझे मुक्ति मिले। वैसे मेहनत तो जी-जान लगा के कर रहा है; माता जी सब भली करेंगी। बस आप अपना आशीष बनाये रखना हम पर और इस घर पर। सुन रहे हो न हिम्मत के पापा....सुन रहे हो न?' और धीरे-धीरे नीरजा पर नींद तारी होती गयी।

ऊपर खाट पर औंधे पड़े हिम्मत को रह-रहकर लाली का रूप याद आ रहा था। यूँ तो दोनों ने एक-दूजे को कई बार छुआ था, पर उस दिन हिम्मत ने लाली को जिस तरह छुआ था, उसके काफ़ी गहरे निशान पड़े थे हिम्मत के दिल पर। उस दिन के बाद से हिम्मत के सपनों में सिर्फ़ फ़ौज की दौड़ ही नहीं होती थी बल्कि लाली भी दौड़ती थी। वो सपने में अक्सर देखता कि दौड़ शुरू हुई और वो दौड़ता जा रहा है, धीरे-धीरे सब उसके पीछे छूट गये। वो फिर भी दौड़ता जा रहा है, समापन रेखा कहीं दिख नहीं रही। बस आगे और पीछे एक धूल का गुबार है, जिसके बीच में वो दौड़ता जा रहा है। दौड़ते-दौड़ते वो एक ऊँचे मिट्टी के टीले पर चढ़ जाता है, यहाँ से उसे नज़र आता है- दौड़ तो बहुत दूर कहीं हो रही है, वो किसी धोखे में यहाँ आ गया है। वो टीले से उतरकर जहाँ दौड़ हो रही थी, उस ओर भागने ही वाला होता है कि कँटीली झाड़ियों के पीछे से लाली निकल आती है। वो अपना हाथ हिम्मत की ओर बढ़ाती है, उसके पैर मिट्टी में धँसते चले जाते हैं और ज़ुबान पर हिम्मत की पुकार है; उधर फ़ौज की दौड़ से बार-बार उसके नाम का अनाउंसमेंट हो रहा है। हिम्मत समझ नहीं पा रहा कि यहाँ रुक कर लाली को सँभाले या भागकर दौड़ में शामिल हो। इधर इसी ऊपापोह में लाली घुटनों के ऊपर तक मिट्टी में धँस चुकी है। हिम्मत पसीने-पसीने

होने लगा है, उसे ज़ोरों की प्यास लगी है। उसका गला बिन पानी ऐसे जलने लगा कि वो उसे शांत करने के लिए दोनों हाथों से भर-भर कर मिट्टी ही पीने लगता है। जिससे उसे खाँसी आने लगती है और ये खाँसी का दौरा धीरे-धीरे इतना बढ़ता है कि वो अपना गला पकड़ लेता है और उसे भींचने लगता है। और जब उसकी नींद खुलती है तो हिम्मत पसीने-पसीने हो चुका होता है, उसके हाथ अपनी गर्दन पर होते हैं और वो अपनी खाट पर पड़े-पड़े लातें चला रहा होता है।

इस तरह का सपना आजकल वो अक्सर देख रहा था। उसे इस सपने का सबब नहीं समझ आ रहा था, पर उसने इसका यही मतलब निकाला कि शायद यह जंगल की पुकार है और उसे कुछ दिनों में फिर जंगल जाना चाहिए।

*＊＊

चुनाव पास हो तो शहर की फ़िज़ा बदल जाती है और गाँव-ढाणियों में तो कुछ अजब-ग़ज़ब नज़ारे होते हैं। जितनी बकैती चुनावी पंडित और टीवी एंकर मिलकर पूरे चुनावी सीजन में नहीं करते, उतना तो गाँव के बड़े-बूढ़े हुक्क़ा गुड़गुड़ाते और बीड़ी के बंडल ख़ाली करते-करते, दो-तीन दिन में कर डालते हैं। आजकल बकैती हो भी मचक कर रही थी और मुद्दा भी भारी था कि 'टिकट किसे मिलेगा'। सबको पता था कि आदमी तो दो ही हैं: महेंद्र और भानु। चूँकि राजपूत बहुल क्षेत्र था, इसलिए स्वाभाविक रूप से महेंद्र का पलड़ा ही भारी था। पर कई लोग थे जो महेंद्र की तीन सरपंच पारियों से संतुष्ट नहीं थे, क्योंकि उनके काम महेंद्र ने नहीं किये थे। कुछ ऐसे भी थे जो महेंद्र को स्वाभाविक रूप से नापसंद भी करते थे, और थोड़े लोग ऐसे भी थे जिन्हें इस बात से कोई मतलब नहीं था कि कौन जीतता या हारता है। उन्हें तो बस जेब भरने और गला तर करने से सरोकार था, जो उनका ये काम कर दे फिर उसके चुनाव चिन्ह पर उनका वोट। आबो-हवा में चुनावी सरगर्मी बढ़ रही थी और ज़िले में चुनावी टीमों के दौरे। इसी बीच महेंद्र की ज़रूरत उसे लक्ष्मणगढ़ के ठिकानेदार 'शक्ति' बना के घर ले आयी। रजवाड़ी समय में जब लक्ष्मणगढ़, एक बड़ी रियासत मानी जाती थी, तब से 'शक्ति सिंह' के पुरखे यहाँ के ठिकानेदार थे; एक समय

हिम्मत की लाली

में अकूत धन-सम्पति के मालिक। क्या नहीं था उनके पास, अपना महल, बड़ा अस्तबल, छोटी सैन्य टुकड़ी, मोटर-गाड़ियाँ और जहाँ तक आँखें देख पाती थीं वहाँ तक इनकी ज़मीनें। फिर पहले कंपनी बहादुर की दृष्टि इन पर पड़ी और फिर भारत सरकार की, और रही-सही कसर इनके रईसी शौक़ ने पूरी कर दी। समय के साथ ठिकानेदार ख़ुद दर-दर भटकने को मजबूर हो गये और राजपूती आन-बान-शान बस किंवदंतियाँ बन कर रह गयी।

शक्ति सिंह और उनके पुरखे फिर भी उन चंद ठिकानेदारों में से थे, जिन्होंने बदलती हवा को समय से पहले सूँघ लिया था और किसी तरह उनके दादा अंग्रेज़ों से उनका महल और शक्ति सिंह के पिता भारत सरकार से अपनी कुछ ज़मीनें और पुरातात्विक विरासत बचाने में कामयाब रहे थे। आज शक्ति सिंह का महल 'शक्ति पैलेस' नाम का आलिशान हेरिटेज होटल था। होटल की दीवारें उनके पुराने राजसी वैभव की पुरानी फ़ोटोग्राफ़्स और पेंटिंग्स से अटी पड़ी थीं। होटल के लॉन में पचासों अंग्रेज़ी-जोड़े, पेड़ों के नीचे लगायी गयी बैठक में अपने गिलासों में फ्रेंच वाइन और ड्रॉट बियर का लुत्फ़ उठाते हुए लोक संगीत और नृत्य का आनंद ले रहे थे, और कई पर्यटक नक़्शों और कैमरों में उलझे थे। महेंद्र ने अपनी बोलेरो पार्किंग में लगायी और दरबान से पूछा-

"बड़े हुकुम हैं अंदर?"

"जी हुकुम! थे पधारो।" कहकर हर वक़्त अंग्रेज़ों से अंग्रेज़ी में गिटपिट करता भयंकर मूँछों वाला दरबान, राजपूती समय में वापस चला गया। महेंद्र सधे हुए क़दमों से अंदर को बढ़ने लगा, हर क़दम पर मन ही मन जो बात वो करने आया था उसी को दोहराने लगा। ये मुलाक़ात ख़ास थी, क्योंकि यही तय करने वाली थी उसकी उम्मीदवारी और उसकी जीत भी। एक बड़े हॉल में जिसमें झूमर और खाल में भूसा भरा हुआ बाघ, बीते हुए दिनों के वैभव और ज़िन्दगी कितनी अनिश्चित है ये याद दिला रहा था। वहीं महेंद्र बाघ की आँखों में अपनी जवानी के दिन ढूँढ़ रहा था। उसे आज उसकी अवस्था उस भूसे भरे बाघ के समान ही लग रही थी। वो बाघ के सिर पर हाथ फेरकर अपने आपको आश्वस्त करना चाह रहा था कि सब ठीक होगा। उसके हाथ बाघ की ओर बढ़े ही थे कि लगभग उसी वक़्त

शक्ति सिंह का हॉल में आना हुआ।

"कहो बना कैसे आना हुआ?" शक्ति सिंह ने प्रवेश करने के साथ ही पूछा तो महेंद्र का बढ़ता हाथ नमस्कार की मुद्रा में तन गया।

"घणीखम्मा बड़े हुकुम!"

"खम्माघणी! मैं कहूँ आज सरकार मेरे द्वार कैसे?" शक्ति सिंह ने कटाक्ष किया और ठहाका लगा दिया; मजबूरन महेंद्र को भी मुस्कुराना पड़ा।

"बड़े हुकुम! सरकार तो आप ही हैं, पहले भी आप थे और अभी भी आप ही हो।" महेंद्र की चिरोरी से शक्ति सिंह पर कोई ख़ास फ़र्क़ नहीं पड़ा। शायद वो ये सब आये दिन सुनता रहता था, सो वो सीधे मुद्दे पर आया।

"क्या चाहिये?" महेंद्र इतने सीधे प्रश्न से सकपका गया।

"सिर पर आपका हाथ चाहिये!"

"आजकल सब यही बोलते हैं और बाद में सिर पर चढ़ते हैं। सीधे बोल!" महेंद्र समझ गया यहाँ जात का पत्ता नहीं चलेगा, उसका सामना विशुद्ध व्यापारी से है।

"बड़े हुकुम! इस बार विधायक के लिये खड़ा हो रहा हूँ। आपसे मदद की उम्मीद रखता हूँ।"

"बना! मदद तो आजकल हमने करनी बंद कर दी है। हाँ! कुछ लेना-देना हो तो कहो!" महेंद्र का हलक़ सूख गया। आज भी राजपूती समाज में ठिकानेदार अपना रुतबा और सम्मान रखते हैं, इसलिए महेंद्र ने भी जुबान से मिठास नहीं जाने दी।

"बड़े हुकुम, जो है सब आपका है! अब आपके सामने क्या छुपा है। खेत उतने बचे नहीं जो आपका मन भर सकें और गिरवी रखने को मेरे पास अब कुछ बचो कोणी।"

"क्यों हवेली को क्या अपना विधायकी कार्यालय बनाओगे?"

"पर हुकुम वो तो...?" बोलते-बोलते उसकी जुबान अटक गयी और उसका शैतानी दिमाग़ सक्रिय हो उठा- 'हाँ! शक्ति सिंह सही ही तो कह रहा है, क़ब्ज़ा सच्चा-झगड़ा झूठा। उस हवेली में है ही कौन? सिर्फ़ नीरजा और हिम्मत! आख़िर वो इस गाँव का सरपंच है कल को कोई ऊँच-नीच हो भी गयी तो वो सँभाल सकता है। और शक्ति की नज़र हवेली पर है तो उस से मुँह-माँगे दाम भी मिल सकते हैं।'

"हाँ बड़े हुकुम! वो हवेली आपकी हुई मानो।"

"ऐसे नहीं बना! अब जुबान का समय नहीं है। अब कागज़ बोलते हैं, कागज़ ले आओ रक़म ले जाओ। पर ये तो बताओ भाभी को बे-दख़ल करोगे तो समाज क्या बोलेगा?"

"जो जीत गया तो जय-जयकार करेगा और हार गया तो थू-थू.. और हारना महेंद्र सिंह ने सीखा नहीं हुकुम!"

"शाबाश मेरे शेर! तो ले आ हवेली के कागज़ और ले जा अपनी कुर्सी। बहुत सालों से अरमान है मेरा उस हवेली को शक्ति सिंह होटल्स की चेन में जोड़ने का....हहहहा!" महेंद्र जिस तेज़ी के साथ आया था उसकी दुगनी तेज़ी से वापस लौट गया। इस बार जिस रफ़्तार से बोलेरो उसने बैक की उसी से पता चल गया कि उसे बहुत आगे जाना है..बहुत आगे।

* * *

सूरज बादलों की छत से ज़मीन को ताक रहा था। ताप बढ़ रहा था, लोग अपने-अपने काम-धंधों में मसरूफ़ हो रहे थे। हिम्मत ने भी आज जंगल जाने की ठानी हुई थी। वो निकलने को हुआ तो नीरजा ने उसको आवाज़ दी-

"अरे हिम्मत! कहाँ चल दिये? पहले कुछ कलेवा तो कर लो।" कहकर नीरजा ने बड़े प्रेम से हिम्मत को चौके के सामने ही बैठा लिया। हिम्मत माँ की मनुहार को टाल न सका।

"आपने खाया?"

"अरे मैं खा लूँगी। अब मुझे और करना क्या है काम सारा निपट ही

गया है। अब आप भी निकल जायेंगे तो मैं घर बैठी-बैठी उँघती रहूँगी। काश! इस घर में हम माँ-बेटे के सिवा भी और कोई होता जो हमसे हँस-बोल लेता।" आज पहली बार नीरजा ने हिम्मत के मन की थाह ली थी।

"आप क्यों फ़िक्र करती हैं माँ! बस एक बार ये भर्ती निकाल लूँ, फिर कुछ समय में आपका ये अरमान भी पूरा कर दूँगा।" कहते-कहते हिम्मत की आँखें लजाकर झुक गयीं। नीरजा ने एक बार हिम्मत की ठोड़ी उठाकर उसे मन भर निहारा।

"क्या देख रहीं हैं आप?"

"देख रही हूँ बड़े हो चले हैं आप!" कहकर उसने हिम्मत की बलइयां ले लीं। माँ-बेटा कुछ और देर अपना दुःख-सुख बाँटते रहे, फिर हिम्मत ने शाम तक लौट आने का कहकर विदा ले ली। घर से निकलकर उसके क़दमों ने तेज़ी से काका की दुकान तक की दूरी ख़त्म की। काका ने भी उसे दूर से आता देख उसकी शिकारी बन्दूक़ कवर समेत काउंटर पर रख दी। हिम्मत ने दुकान पर पहुँचते ही बिना कुछ कहे बन्दूक़ उठा ली और दस का नोट रख दिया। सौदा हो भी गया और किसी को कानोंकान ख़बर भी नहीं हुई। हिम्मत को गाँव की सीमा छोड़ते कमली ने देख लिया था और उसे पता था इस ख़बर से सबसे ज़्यादा ख़ुशी किसे मिलेगी। नेवी ब्लू ट्रैक सूट में हिम्मत दूर से ही नज़र में आ रहा था। लम्बा तो वो यूँ भी था ही पर जब-जब वो ऐसे चुस्त कपड़े पहन लेता था, उसकी छटा ही बदल जाती थी। थोड़ी ही देर में हिम्मत का अक्स जंगल की झाड़ियों में गुम होता चला गया।

इधर हिम्मत का जंगल में गुम होना था और उधर कमली का दौड़कर लाली को ख़बर देना था। सिर्फ़ लाली को ही पता था कि हिम्मत जंगल के किस कोने में अपना डेरा जमाये बैठा होगा, सो ख़बर पाते ही वो सधे क़दमों से जंगल की तरफ़ उड़ चली। आज शायद किसी बुरे इंसान का मुँह उसने सुबह-सुबह देख लिया होगा, क्योंकि कालू भी पता नहीं क्या सोचकर उसके पीछे हो लिया था। हालाँकि दोनों में बहुत दूरी थी, पर कालू लगातार उसके पीछे बना रहा। जैसे-जैसे जंगल सघन होता गया, लाली का दिल बल्लियों उछलने लगा। उसे हिम्मत का वो आख़िरी मादक-स्पर्श याद आने लगा और वो चलते-चलते लड़खड़ाने लगी और उसकी ओढ़नी

काँटों में फँसने लगी। रेतीली मिट्टी पर लाली अपने निशान छोड़ चुकी थी, जिन्हें पढ़कर कालू आगे बढ़ता जा रहा था। भरसक कोशिशों के बावजूद कालू लाली को खो बैठा, अब उसे ये नहीं सूझ रहा था कि वो वापस लौट जाये या आगे बढ़े? पर एक संदेह का काँटा उसके मन में लाली के लिए पड़ ही चुका था, सो उसने आगे बढ़ने का निश्चय किया। लाली की छठी इंद्री ने उसे आगाह कर दिया कि हिम्मत कहीं आस-पास ही है। अब वो ऐसे फूँक-फूँक कर क़दम धर रही थी कि ख़ुद उसे भी उसके क़दमों की आवाज़ न आये। उसे पिछली बार का हिम्मत का गुस्सा याद था, सो इस बार वो ऐसा कोई जोख़िम मोल नहीं लेना चाहती थी जिससे हिम्मत नाराज़ हो जाये। आख़िरकार प्यार ने प्यार की थाह पा ली थी, लाली हिम्मत तक लगभग पहुँच चुकी थी। हिम्मत सामने झाड़ियों के पार घात लगाये बैठा था। उसके सामने बबूल और कीकर के पेड़ों के झुरमुटों से घिरा एक छोटा पोखर था, जिस पर जंगली सूअरों का एक दल झुका हुआ था। यूँ तो अकेला जंगली सूअर भी काफ़ी ख़तरनाक होता है, पर यहाँ तो पूरा दल मौजूद था। कुछ सूअर मिलकर शेर तक को खदेड़ सकते हैं, फिर हिम्मत की हस्ती ही क्या थी! लाली चुपके से ये देख रही थी, पोखर नीचे ढलान पर था और हिम्मत ठीक लाली जहाँ टीले पर खड़ी थी वहीं नीचे बैठा था। एकाएक लाली की परछाई हिम्मत के सामने ज़मीन पर पड़ी तो हिम्मत कोई जानवर समझ यकायक घूमा और लगभग पीठ के बल लेटते हुए उसने गोली चला दी। उसकी आँखों पर धूप का चिल्का पड़ने से वो लाली को ठीक से देख न पाया। लाली वैसे तो गोली चलने से पहले ही अपनी जगह से हट चुकी थी पर आख़िर हिम्मत का निशाना ख़ाली कैसे जाता, गोली उसकी बाँह को रगड़कर अपने रास्ते चली गयी थी। लाली की बाँह से लहू गिरकर हिम्मत की बन्दूक़ की नाल पर गिर पड़ा। लाली के मुँह से दर्द भरी सिसकारी फूट पड़ी।

"हाय...हाय! मार डाला रे। कैसे शिकारी हो बना, अभी मैं ढेर हो जाती तो?" हिम्मत पहले तो सकते में खड़ा रहा, फिर ये देख कि चोट कुछ ख़ास नहीं बस हल्की रगड़ है, ठिठोली के मूड में आ गया।

"हो जाती तो हो जाती, अब गोली मर्द-औरत में भेद तो नहीं करती न? वैसे भी किसी मर्द की ज़िन्दगी तेरे से जुड़कर तबाह होती, उससे तो यह

काज अच्छा हो जाता। पर हाय उसकी क़िस्मत जिससे तू जुड़ेगी।"

"अच्छा मैं जिससे जुड़ुँगी उसकी ज़िन्दगी तबाह? और तुम जिससे जुड़ोगे उसके अहोभाग्य?" कहते-कहते लाली नीचे ढलान पर उतरने लगी। गोली चलने से सूअरों का दल अपना रास्ता पकड़ चुका था।

"हाँ तो!" हिम्मत ने मूँछों को ताव देते हुए बोला।

"बड़े आये कहीं के शिकारी, कभी कोई तीतर भी मारा है अपनी इस मरजाणी दम्बूक से?"

"नहीं जी नहीं मारा, पर सोच रहा हूँ आज एक चुड़ैल का उद्धार कर ही दूँ।"

"ऐ क्या बोले मैं क्या...चुड़ैल? ....तो तुम मसान के भूत।" कहती हुई लाली हिम्मत पर गुस्सा करने को झपटी, पर ख़ुद के पैरों में उलझने से हिम्मत के ऊपर ही जा गिरी। अब यह संयोग था या प्रयास किसे परवाह थी! हिम्मत, लाली के भार समेत मिट्टी के टीले पर ढेर हो गया और उसके ऊपर तेज़ साँसों वाली लाली। दोनों की आँखें मिलीं, पर लाली की आँखें झुकने लगीं, वे हिम्मत के चौड़े सीने में कहीं धसने लगी। हिम्मत ने उसकी ठोड़ी उठाकर फिर उसकी आँखों में अपना अक्स देखा। लाली की साँसें उखड़ने-सी लगीं। हिम्मत का गला सूखने लगा, लाली के होंठो की पंखुड़ियाँ हल्का-हल्का खुलने-सी लगीं। दोनों के होंठ एक-दूसरे में नमी ढूँढ़ने को पास आने लगे और एक-दूजे के किनारे जा लगे। हिम्मत ने लाली के शरीर को थरथाते हुए महसूस किया, लाली के हाथों ने हिम्मत के चेहरे को थामा, फिर उसके बालों की थाह ली। अब हिम्मत का पौरुष उससे माँग कर रहा था कि वो लाली को उसकी होने का यक़ीन दिला दे। कुछ ही देर में दोनों के शरीर मिट्टी में गुत्थमगुत्था थे। जंगल की निःस्तब्ध शान्ति में बस दोनों के साँसों की ऊब-डूब थी और एक जोड़ी आँखें जिनमें अंगारे थे, वो उन्हें उसी ऊँचाई से देख रही थीं, जहाँ पर कुछ देर पहले लाली खड़ी थी। यूँ तो हिम्मत के परिवार के अहसानों की गठरी को वैसे भी कालू हल्का ही मानता था, पर अब जो वो देख चुका था उसके बाद कौन किसका अहसानमंद रहता है। एक अनजानी दुश्मनी जन्म ले चुकी थी।

* * *

शाम को अपने घौंसलों में लौटे परिंदों ने पोखर पर प्रेमी युगल को इक-दूजे की आँखों में डूबा पाया। गहराते आसमान ने दोनों को याद दिलाना चाहा कि अब घरों को लौटना चाहिए। लाली ने मुख उठाकर हिम्मत की पानीदार आँखों में झाँका, उनमें ख़ुद की छवि देखकर वो शर्म से लाल हो वापस हिम्मत के सीने में अपना मुँह ढँक बैठी। हिम्मत के हाथ उसके बालों को सहला रहे थे।

"लाली प्रेम क्या होता है आज जाना। रोज़ तेरी याद आती थी पर किसी तरह मन को समझा लेता था पर अब तो तेरी याद ज़्यादा ही आयेगी, फिर कैसे समझाऊँगा?"

"क्या मेरा हाल कुछ अलग होगा? जिस दिन से तुम्हें देखा था, उस दिन के बाद इन आँखों ने और किसी को नहीं देखा। एक सपना तब से ही पल रहा था तुम्हारी हो जाने का, आज वो भी पूरा हुआ। अब इसी पल मौत भी आ जाये तो कोई दुःख नहीं!"

"शशश! शाम पड़े ऐसी बातें मत कर। घर नहीं जाना? उठ अब।"

"मेरा घर तो यहीं है।" कहकर लाली ने हिम्मत के सीने पर उभरे बालों पर अपना हाथ फेरा।

"जब सचमुच की घरवाली बन जाये तब ये फ़िल्मी डायलॉग भी मार लेना, अभी चल दूध देने नहीं जाना?"

"उई माँ! हाँ जाना है न, सबसे पहले तो तुम्हारी हवेली ही आना है। चलो मैं निकलती हूँ, तुम पीछे आते रहना। पर आज तुम्हारा शिकार तो रह ही गया बना जी?"

"आज शिकारी ख़ुद शिकार हो गया।" कहते हुए हिम्मत ने एक और हवाई फ़ायर करके कारतूस ख़ाली कर दिया और पोखर पर बसेरा करने वाले सभी परिंदों ने चीख़-चीख़कर इसकी पुष्टि की।

जब दो दिल जुड़ते हैं तो कहीं कोई तीसरा दिल टूट भी जाता है। कालू अपने टूटे दिल पर मरहम लगाने को हाईवे के पास वाले दारू के ठेके पर

बैठा था। जितना वो पीता जाता था उतना ही आज दोपहर को याद किये जाता था। जब नशा कम चढ़ा था तब तो उसे पूरी घटना याद थी, पर बाद में उसे सिर्फ़ पोखर किनारे प्यार में डूबी एक-दूसरे पर चढ़ती-उतरती नंगी पीठे ही याद आती थीं।

उसे याद करके कभी वो मुँह से भद्दी गाली निकालता कभी दाँत पीसने लगता और कभी अपने बाल नोचने लगता। उसकी पगलाई हालत पर हमदर्दी जताने को वहाँ कोई न था, सभी अपने-अपने ग़मों के मारे थे और अपना-अपना नर्क भोग रहे थे। फिर भी दो-चार की कुटाई करके कालू ठेके से बाहर निकल ज़ख़्मी शेर-सा यूँ ही भटक कर सड़क के किनारे-किनारे चलने लगा। सामने से आती-जाती गाड़ियों की लाइट में कालू का आँसुओं से भीगा चेहरा रह-रहकर चमक जाता था। आज ख़ुद कालू को भी अचरज हो रहा था कि उसकी ऐसी मजनुओं-सी हालत क्यों हो रही है! उसने तो हमेशा से लाली को भोगना ही चाहा था, पर उसकी इस चाह में प्रेम का भी कोई पुट था, इस बात का उसे ज़रा भी भान न था। रोता दिल ख़ुद से सवाल करने लगा कि वहीं क्यों नहीं उसने हिम्मत के टुकड़े-टुकड़े कर दिये और लाली को जबरन अपना क्यों नहीं बना लिया? अब जब मौक़ा हाथ से निकल गया है तो वो क्या कर लेगा! लाली तो अब हिम्मत की हो चुकी, तन और मन से। इसी झोंक में वो आत्मघाती हो उठा और दूर से आते ट्रक से भिड़ जाने की मंशा लेकर उसकी चमकती हेडलाइट की ओर बढ़ने लगा। ट्रक वाले को अंदाज़ा लग पाता कि कालू की मंशा क्या है उससे पहले तो दोनों आमने-सामने आ चुके थे। कोई दस क़दमों की दूरी ही रह गयी थी, कालू ने बाहें खोलकर आँखें बंद कर लीं। ट्रक का तेज़ हॉर्न और ब्रेक की चिंघाड़ सफ़ेदे के पेड़ों से घिरे हाईवे पर गूँज उठी। तभी दो हाथों ने कालू को धक्का देकर सड़क के दूसरी तरफ़ गिरा दिया और ट्रक आगे को निकल गया बिना किसी की लाश गिराये।

"हरामखोर! मरने का इतना शौक़ था तो उसी दिन मर जाता। आज तक का भी इंतज़ार क्यों किया?" महेंद्र की बात का कालू ने कोई जवाब नहीं दिया, बस नज़रें झुकाये टुकुर-टुकुर ज़मीन ताकने लगा। यह एक संयोग ही था कि कालू और महेंद्र का आज फिर अजीबो-ग़रीब परिस्थिति में सामना हो गया था। उसके आँसुओं की बूँदें महेंद्र के पैरों में पड़ीं। कालू

जैसे लोहे के जिगर वाले मर्द को यूँ रोता देखकर वो समझ गया कि ज़रूर कोई गंभीर बात है। उसने आस-पास देखा उस वक़्त वहाँ कोई नहीं था, उसने कालू को इशारा किया और अपनी गाड़ी का पिछला दरवाज़ा खोल दिया, कालू बच्चे-सा चुपचाप बैठ भी गया। गाड़ी पक्के से कच्चे रास्ते में उतार ली गयी और खेतों की मेढ़ के बीच में जाकर शांत हो गयी। घुप्प अँधेरे में जीप की टेल लाइट किसी राक्षस की आँख से कम नहीं लग रही थी; वैसे उसमें बैठे लोग भी सज्जनता की बातें नहीं कर रहे थे।

"ये ले पी ले, जी ने हल्का कर ले।" इस बार अंग्रेज़ी ब्रांड देखकर न तो कालू की आँखों में कोई चमक आयी और न ही उसने बोतल हाथ में लेने में कोई जल्दबाज़ी दिखायी। पीने वाला खाने से इंकार कर दे कोई बात नहीं, पर पीने से इंकार कर दे तो शोध का विषय बन जाता है। अमूमन बेहद गहरी चोट पर ही ऐसा सम्भव है। कालू की कोई प्रतिक्रिया न देखकर महेंद्र उसके थोड़ा क़रीब आ गया।

"क्या हुआ रे? लुगाई भाग गयी क्या रे तेरी?" कहकर वो भद्दी हँसी हँसा।

"भागी नहीं हुकुम! किसी पराये के साथ सो गयी।" ख़ूनी ज़हर बुझा स्वर उठा कालू के कंठ से, जिसने महेंद्र की रीढ़ में सिहरन पैदा कर दी। ऐसा लगा जैसे कालू नहीं किसी ख़ाली कुएँ के तल से ख़ुद शैतान बोल रहा हो। महेंद्र की कनपटियाँ सख़्त हो आयी उत्तेजना से। इसमें कालू का कोई दोष नहीं है, परायी स्त्री, पराया धन, परायी ज़मीन, यह विषय ही ऐसे हैं जो किसी की भी कनपटी गर्म कर दें।

"तो तेरी बाजुओं को क्या हो गया था? बनता मर्द का बच्चा और चीर देता उस हरामी को और लगाता दस जूती उस राँड के।"

"पता नहीं मुझे क्या हो गया था, काठ का पुतला बन खड़ा-खड़ा मैं सब देखता रहा। उसने मेरी आँखों के सामने मेरी लाली चुरा ली और मैं कुछ भी न कर सका।" इस बात पर महेंद्र को अफ़सोस से ज़्यादा हँसी आने को हुई, क्योंकि कालू ने बात कही ही कुछ ऐसे अंदाज़ में थी पूरी मासूमियत के साथ। फिर भी उसने मौक़े की नज़ाकत भाँपते हुए, हँसी

दबाते हुए पूछा- "अच्छा बता तो ज़रा कौन था वो हराम का जना?"

"थारो भतीजो हुकुम, थारो भतीजो!"

"कालू! ज़बान सँभाल।" महेंद्र के कालू पर चिल्लाने में दो भाव थे। पहला भाव आवेश का था और वो इसलिए था क्योंकि एक लुहार राजपूत पर उँगली उठा रहा था, और दूसरा भाव अचरज, घृणा, हिकारत और अविश्वास का मिलाजुला-सा कुछ था कि कैसे एक राजपूत लड़का वो भी उसका सगा भतीजा कैसे एक लुहारण से नाता जोड़ बैठा। पूरा समीकरण समझते ही उसके चेहरे पर मंद-मंद मुस्कान डोलने लगी। उसने कालू का मुँह एक बार फिर बोतल से लगा दिया, कालू ने इस बार कोई हील-हुज्जत नहीं की। जो उसने खौलता हुआ लावा उगला था, उसे ठंडा करने के लिए शराब की सख़्त ज़रूरत थी। कालू एक ही साँस में आधी बोतल खींच गया और फिर जीप की सीट पर ही लुढ़क गया। महेंद्र ने गाड़ी स्टार्ट की और फ़ोन को कान के नीचे रखकर गियर डाला। फ़ोन के परली तरफ़ से शक्ति सिंह की आवाज़ उभरी और बाक़ी की बात गाड़ी के साथ अँधेरे में खो गयी।

* * *

आज दूध लेकर जाने की लाली को कोई जल्दबाज़ी नहीं थी। उसने बहुत सुघड़ता से गायों को पुचकार-पुचकारकर दूध दुहा और मौसी से भी ख़ूब बातें कीं। रह-रहकर उसे हिम्मत की मुहब्बत के निशान अपनी कलाइयों, गले और पेट पर दिख जाते थे। कल तक टोले में फिरती बावली छोरी, आज अचानक से नयी-नवेली दुल्हन-सा रुआब और नज़ाकत ओढ़े बैठी थी। जब मौसी से रहा नहीं गया तो वो पूछ ही बैठी-

"बात क्या है लाली? आज तेरे क़दम ज़मीन पर नहीं पड़ रहे हैं!"

"ऐसा क्या मौसी? फिर कहाँ पड़ रहें हैं?" लाली ने आँखें बड़ी करके, मासूम बनकर पूछा।

"वहीं, जहाँ से कुश्ती लड़कर आ रही है!" कहते हुए मौसी ने आँखें तरेरी तो लाली ने ध्यान दिया कि उसने उल्टा घाघरा पहन रखा है। वो बिना कुछ कहे लजाकर अंदर चली गयी और तुरंत उसे सीधा करके पहन

हिम्मत की लाली

आयी।

"अरे सुन री! अब मौसी में उतना करंट नहीं बचा कि ज़माने के झटके सह ले। पग सोच समझकर धरियो।" लाली ने मुँह बनाया और दूध की गगरी उठा चलने को हुई। आज ही उसके यौवन को पंख लगे थे और आज ही तो वो जवान हुई थी। अपनी चाल में मस्त लाली हवेली की देहरी पर आ गयी, लगभग उसी समय हिम्मत का भी घर आना हुआ। वो लाली के क़रीब आकर कुछ कहने को हुआ पर सामने से नीरजा को आता देखकर सीधा अंदर को चल दिया। नीरजा ने देखा कि हिम्मत लाली को कुछ कहता-कहता रुक गया पर नीरजा ने इस बात पर ध्यान नहीं दिया और न ही कुछ सोचा।

"कैसी है लाली? आज तो बहुत ख़ुश दिखाई दे रही है। मौसी ने कहीं रिश्ता पक्का करा दिया है क्या?"

"नहीं सा! ऐसी तो कोई बात नहीं।" कहकर लाली ने होंठ काट लिये। उसे समझ नहीं आ रहा था कि आज वो ऐसा क्या अलग कर रही है जो बिना कहे लोग सब समझ पा रहे हैं। शायद किसी ने सही ही कहा है कि 'इश्क़ और मुश्क छुपाये नहीं छुपते'।

"अरी रहने दे, यूँ ही तो बाल सफ़ेद नहीं हुए हमारे, पर तू कहती है तो मान लेती हूँ। अच्छा ज़रा रुक मैं आती हूँ, पिछले महीने का बक़ाया लेती जा।" कहकर नीरजा अंदर को चली गयी।

"हिम्मत बना! ज़रा नीचे तो आइये।" नीरजा ने अंदर आकर अलमारी से पैसे निकाले और हिम्मत को गिनकर पिछले महीने का दूध का हिसाब करने को कहा और ख़ुद फिर अलमारी में कुछ ढूँढ़ने में व्यस्त हो गयी। बिना चश्मे के नीरजा को ये नहीं पता लगता था कि कौन-सा नोट कितने का है। हिम्मत ने हिसाब के पैसे लिये और देहरी पर खड़ी लाली की ओर बढ़ा। हिम्मत के दिल में शरारत थी पर आज उसका गला नहीं सूख रहा था। हाँ! दिल ज़रूर तेज़ धड़क रहा था पर वह निश्चिन्त था। उसे ठिठोली सूझी-

"मैंने सुना है तू दूध में पानी मिलाने लग गयी है?" लाली समझ गयी

कि हिम्मत ठिठोली पर है, पर वो भी कहाँ कम थी। उसने भी नहले पर देहला मारा।

"हाँ हुकुम! अब ग्राहक-ग्राहक देखकर ही काम होता है न। अब आपने चोरी पकड़ ही ली है तो फिर आपसे कैसी शर्म। कल से हवेली में ही बैठकर मिला लिया करूँगी तो आपको भी अंदाज़ा हो जायेगा।"

"चोरी और सीनाज़ोरी?" कहकर हिम्मत ने लाली की कलाई मरोड़नी चाही और उसके चिबुक को उठा लिया। लाली के मुँह से प्यार भरी सिसकारी निकल गयी।

"हाय दैय्या! माँ सा आ जायेंगी।" माँ का नाम सुनते ही हिम्मत ने चबराकर तुरंत लाली की कलाई छोड़ दी और उसके अगले ही क्षण सही में नीरजा कमरे से बाहर आती दिखी। उसके हाथ में एक पुरानी पर सुन्दर राजपूती पोशाक थी।

"अरे लाली! अब हम तो बुढ़ा गये और पहलेवाली शानो-शौक़तवाली बात भी नहीं रही। जब तक बना के पिता जी थे तब और बात थी... ख़ैर छोड़ो। अब तू अपने मुँह से तो बोलेगी नहीं पर मेरी नज़रों को धोखा थोड़े ही न हुआ है, और हुआ भी है तो आज नहीं तो कल ब्याह तो होना ही है। ये तुझे अच्छा लगे तो पहन लेना, बहुत ख़ास तो नहीं है पर तुझ पर फबेगा। आख़िर तूने और तेरी मौसी ने हवेली की इतनी सेवा की है, आख़िर हमारा भी तो कुछ फ़र्ज़ बनता है कि तुझे कुछ इनाम दें। क्यों बना?" नीरजा ने हिम्मत के जवाब का इंतज़ार नहीं किया और पोशाक लाली को सौंप वापस चल दी। लाली ने पोशाक को सिर-माथे लगाया और झुक कर नीरजा के चरणों की धूल अपने सिर पर लगा ली। उसे लगा जैसे आज अपनी ही होने वाली सास से आशीर्वाद स्वरूप ये सुहाग का जोड़ा मिल गया हो और यही सोच उसकी आँखों में आँसू भर आये। हिम्मत का दिल भी पिघल गया, उसकी पनीली आँखें और पनीली हो गयीं। लाली चलने को हुई तो हिम्मत ने टोका-

"सुन!"

"हूँ!"

“पहनना ज़रूर।”

“ज़रूर पहनूँगी।” कहती हुई लाली ड्योढ़ी लाँघ गली में वापस आ गयी और ख़ुशी में खोई-खोई सी भीड़ में गुम हो गयी। अब उसके पैरों में टोले को लौटने की तेज़ी थी, आख़िर कमली को भी तो सब बताना था।

देर रात जब सब सो चुके थे, कमली और लाली खुले आसमान की छत के नीचे बैठी बातें कर रही थीं। बातों-बातों में लाली ने कमली को काफ़ी कुछ बता दिया, नहीं बताना था! लाली ने यूँ तो कमली को कुछ-कुछ नहीं भी बताया पर कमली भी आख़िर एक नवयौवना थी, वो कम शब्दों में ज़्यादा समझ गयी। कमली लाली को चिढ़ाने के लिए छाती पर हाथ रखकर ठंडी-ठंडी आहें लेने लगी। दोनों सहेलियाँ ख़ूब हँस रही थीं तभी लाली ने अपने थैले में से वो पोशाक निकालकर कमली को दिखायी। पोशाक देखते ही कमली की तो मानो धड़कन ही रुक गयी।

“अरे! इत्ती सुंदर पोसाक!”

“किसने दी? तेरे निसांची ने?”

“ऊं हूँ, उनकी माँ सा ने बड़े प्यार से अपने हाथों से दी।”

“हैं! क्या कह रही है? क्या बहू बोलकर दी?”

“ऐसा ही समझ!” कहकर लाली मुस्कुराने लगी और कहीं खो गयी। बचपन की सहेली कमली, लाली का घर उससे पहले और ऐसे शानदार ख़ानदान में बसता देख रार खा बैठी। आज पहली बार उसे लाली से जलन हुई और उसके अंदर बैठी औरत फुफकार उठी। ‘हुंह! ये लाली मुझसे छोटी है पर मुझसे पहले ब्याह करके दिखायेगी। ये जो एक पोसाक पर इत्ता इतरा रही है, तो सादी के बाद कित्ता इतराती घूमेगी। मुझे तो ये पाँव की जूती से ज्यादा न समझेगी।’

“अरे! कहाँ खो गयी।” लाली ने कमली को झकझोरा।

“कुछ नहीं बस सोच रही थी कितनी भाग्यशाली है तू, जो ऐसो बड़ो घर और इत्तो सुन्दर मर्द मिलो। एक मेरी क़िस्मत देख, कोई घर में सोच भी नहीं रहा कि जवान मोड़ी घर बैठी है।”

"हाँ! वो तो है पर कमली तू चिंता मति कर, काली मैया तेरा भी कुछ न कुछ बढ़िया करेंगी।" ये बात लाली ने हल्के में बोल तो दी पर कमली के गहरी फाँस-सी चुभ गयी। अब जब जलन की भट्टी तप ही गयी है तो उसमें जो भी डालो वो होम ही होगा। और यूँ भी ईर्ष्या की आग के आगे तर्क, बुद्धि और नेकी सब अँधे हो जाते हैं। कुछ यहाँ-वहाँ की बातें करके वे अपने-अपने घरों को चले गये पर अलाव की आँच में जलन की लकड़ियाँ देर तक चटखती रहीं।

* * *

"भाभी सा....भाभी सा!" आज सुबह-सुबह महेंद्र की आवाज़ सुनकर नीरजा चौंक गयी। किसी अपशगुन की आशंका से उसका हृदय काँप गया। जो देवर उसकी ड्योढ़ी पर कभी होली-दिवाली की राम-राम तक करने नहीं आता था, वो आज सवेरे-सवेरे उसकी चौखट पर भला क्या करने आया होगा? हिम्मत अल-सुबह दौड़ने निकल जाता था, सो नीरजा अकेली ही थी। नीरजा ने सिर पर पल्लू किया और बाहर आयी।

"अरे देवर सा आप! सब कुशल मंगल?"

"इधर से गुज़र रहा था, सोचा आपके हाल-चाल ले लूँ। हिम्मत नहीं दिखाई दे रहा!"

"दौड़ने गये हैं, फ़ौज की भर्ती नज़दीक आ रही है न!"

"भाभी सा, दौड़ तो वो रहा है, पर ग़लत दिशा में!"

"क्या कह रहे हैं देवर सा? मैं समझी नहीं!"

"देखो भाभी सा! आपकी नज़रों में मैं लाख बुरा आदमी सही, पर हूँ तो परिवार का ही न? अब कोई हमारे ख़ानदान की तरफ़ उँगली उठाये तो मेरा फ़र्ज़ बनता है न कि आपको आगाह करूँ!"

"साफ़-साफ़ बताइये क्या बात है, क्या किया है हिम्मत ने?"

"अब तक तो कुछ ख़ास नहीं पर कल को अगर बात फैल गयी तो हमारे पुरखों की बनी-बनायी इज़्ज़त और इस हवेली की शान पर ज़रूर बट्टा लग जायेगा। लोग हँसेंगे हम पर, मखौल उड़ायेंगे। समाज हमारा

हिम्मत की लाली

बहिष्कार कर देगा, कोई हमसे रोटी-बेटी का सम्बन्ध नहीं रखेगा !"

"आप क्या कह रहे हैं? हिम्मत से ऐसा कौन-सा पाप हो गया? आपकी बातों से मुझे भय हो रहा है।"

"भय की बात तो है ही भाभी सा! जब मैंने सुना तो मेरे भी पैरों तले ज़मीन खिसक गयी। ऐसा कैसे हो सकता है कि अपने हिम्मत का नाम उस लुहार टोले वाली.. क्या नाम है उसका हाँ!... 'लाली' से कोई जोड़े, तो इज़्ज़त तो अपनी ही कम होगी न, पगड़ी भी अपनी ही उछलनी है।"

"क्या बोल रहे हैं आप? होश में तो हैं? सुबह-सुबह ऐसी बहकी-बहकी बातें! हिम्मत ऐसा कर ही नहीं सकते, मेरे बेटे हैं। मैं जानती हूँ उन्हें।"

"बिल्कुल भाभी सा, आपका ही बेटा है!...पर जवान है बेचारा और जवानी अँधी होती है। वैसे भी आजकल के नौजवान तो थोड़ा ज़्यादा ही अँधे हो गये हैं फैशन में, जात-पात को तो जैसे कुछ मानते ही नहीं। क्या इसी दिन के लिए हमारे पूर्वजों ने कुर्बानियाँ दी थीं? क्या यही दिन देखने के लिए पद्मावती ने जौहर किया था? फिर क्यों न महाराणा भी मुग़लों के आगे सिर झुका लेते?" नीरजा ने हाथ उठाकर महेंद्र को चुप होने का इशारा किया। महेंद्र का तीर निशाने पर लगा था, नीरजा को चोट पहुँची थी, गहरी चोट।

"कब से चल रहा है ये? और आपको कैसे पता लगा?" नीरजा को कल शाम हिम्मत और लाली का हवेली में मिलना याद आया और उसे महेंद्र की बात में कुछ तार जुड़ते से नज़र आये।

"शायद ज़्यादा समय नहीं हुआ है! मुझे तो ख़ुद एक टोलेवाले ने बताया। बात इससे पहले टोले से निकलकर बिरादरी में फैले, इसका यहीं ख़ात्मा कर देना ज़रूरी है। बात फैल गयी भाभी सा तो घणी बदनामी होगी!"

"अच्छा आप अभी जाइये, मैं देखती हूँ कि क्या करना है!"

"और हाँ भाभी सा, अब ये हवेली भी खंडहर होती जा रही है, आपके

दो कमरों के अलावा तो पूरी हवेली में जाले लग रहे हैं। मेरी मानिये तो इसे बेच दीजिये, अभी तो दाम भी बढ़िया मिल जायेंगे। बाद में क्या पता हिम्मत क्या गुल खिला दे? और जो हाथ आ रहा है वो भी न मिले! आप बोलें तो कोई ख़रीददार लाऊँ?" नीरजा ने जैसे-तैसे सुन तो लिया, पर उसके पैरों तले ज़मीन डोल गयी। यही तो उसका आधार है, तो क्या अब उसका आधार भी उससे छिन जायेगा? 'ये कैसे दिन दिखा रहे हो प्रभु! मुझ अभागन को? पहले हिम्मत के पिता, फिर जो हिम्मत के बारे में सुना और अब ये हवेली... नहीं .. नहीं!' नीरजा ने महेंद्र की बात के जवाब में बस हाथ जोड़ लिये और उसे विदा किया।

जब हिम्मत हवेली लौटा तो उसने माँ को आँगन के खम्भे की टेक लगाये शून्य में तकता पाया। हिम्मत कुछ भी देख सकता था पर नीरजा को ऐसे देखकर उसे बहुत घबराहट हो जाती थी। वो अंदर आया, उसने चुपचाप जूते उतारे और घड़े से पानी निकालकर पिया। आवाज़ होने से नीरजा की शान्ति टूटी तो सामने हिम्मत दिखा। वो मुस्कुराया पर नीरजा ने कोई प्रतिक्रिया नहीं दी, वो बेहद शान्ति से उठी और रसोई में चली गयी। हिम्मत को अटपटा लगा, क्योंकि ऐसा तो कभी हुआ नहीं था कि उसकी मुस्कान पर माँ बदले में मुस्कायी न हो, बल्कि जवाब में उसे अपने से ज़्यादा चौड़ी मुस्कान ही हमेशा मिलती रही थी। वो अभी सोच ही रहा था कि माँ अंदर से कलेवा ले आयी, वो चौके पर बैठ गया पर नीरजा रोज़ की तरह सामने न बैठकर खड़ी ही रही। अपनों का मौन बड़ा दुखदायी होता है और कमो-बेश यही स्थिति हिम्मत और नीरजा के बीच बनी हुई थी। हिम्मत समझ गया कि ज़रूर कोई गंभीर बात है। उसने कलेवे को छुआ नहीं और खड़ा हो गया।

"क्या हुआ माँ सा?"

"क्या होगा हिम्मत बना! अब क्या यही दिन देखने बाक़ी रह गये थे?"

"बात क्या है? आप इतनी उदास और परेशान क्यों हैं?"

"जिस अभागन माँ का जवान बेटा बर्बादी के रास्ते पर चल निकला हो, जो अपने ही पुरखों की इज़्ज़त मिट्टी में मिलाने पर अमादा हो, वो माँ

मायूस और हताश न हो तो क्या करे !"

"मैंने ! माँ सा मैंने ! मुझसे ऐसा क्या हुआ ?"

"बोल दे हिम्मत ! ये सब झूठ है जो मैंने सुना। बोल दे कि तेरे और लाली के बीच कुछ नहीं है, बोल दे जो मैंने सुना वो झूठ था। बोल...बोलता क्यों नहीं ?"

हिम्मत ने सोचा तो ये था कि वो माँ को फ़ौज की भर्ती पास करते ही मौक़ा देख सब बता देगा, फिर अगर माँ चाहेगी तो यहीं गाँव में रहेंगे या फिर वे सब वहाँ चल देंगे जहाँ उसे पोस्टिंग मिलेगी, पर सारे सपने वक़्त से पहले चकनाचूर हो गये। महेंद्र जिस अंदाज़ में नीरजा को ये ख़बर बता कर गया था, उसके बाद हिम्मत की कोई दलील देने की गुंजाइश ही नहीं बचती थी। ये वैसे भी बड़ा बवाल था कि शेखावटी राजपूतों का लड़का लुहार टोले की लड़की से नाता जोड़े; असल ज़िन्दगी और फ़िल्मों में फ़र्क़ होता है। बस हिम्मत यहीं चूक कर गया, उसे लगा शायद उसकी माँ थोड़ा नाराज़ होंगी पर अन्ततः मान ही जायेंगी। यहाँ समीकरण उल्टे बैठ रहे थे !

"माँ सा ! मुझे लगा आप उसे स्वीकार कर लेंगी।"

"अरे ! ये क्या कह रहे हो हिम्मत। सूरज और चाँद का मिलन सम्भव है क्या ? माना शेर और चीतल एक ही ताल में पानी पीते हैं, पर उनसे जन्मते तो शेर और चीतल ही हैं न ? मैं मान सकती हूँ कि आप उम्र के भाव में बह गये और नादानी कर बैठे, पर अब जो आप करने जा रहे हैं वो ख़ानदान की इज़्ज़त पर बट्टा है। अरे ! हममें और उनमें क्या मेल ? कोई पाँव की जूती सिर पर रखता है क्या ! लोग क्या कहेंगे ? समाज क्या हम पर थू-थू नहीं करेगा ? कल को मैं क्या मुँह दिखाऊँगी आपके नाना सा और मामा सा को ? क्या बोलूँगी मेरी भाभियों को कि हिम्मत बना ज़िद कर रहे थे, सो उनका ब्याह मैंने एक लुहारण से करवा दिया ? क्योंकि पूरे राजपूत समाज में तो कोई लड़की इनके लायक़ मिल ही नहीं रही थी ! बताइये, है कोई जवाब आपके पास ?" हिम्मत चुपचाप नीरजा की बात सुने जा रहा था, पर उसी समय उसका मन लाली और उसके बीच हुए संवाद को भी याद कर रहा था, जो उनके बीच उस शाम को पोखर पर हुआ था- 'आज मैंने अपना

सब कुछ तुम्हें सौंप दिया है बना! अब चाहो तो मुझे स्वीकार करो या अभी इस पोखर में मरने को बोल दो, पर अब ये लुहारण किसी और की तो होने से रही।' 'हाँ लाली तुम मुझे तन, मन, वचन हर तरह से स्वीकार हो, मेरे दिल में बस तुम ही बसती हो।'

"बोलिये! कहाँ खोये हुए हैं?" नीरजा ने हिम्मत को यथार्थ में ला पटका।

"मैं उसे वचन दे चुका हूँ माँ सा!"

"किससे पूछकर दिया वचन? अरे! ये कौन-सा सतयुग है और कौन-सी रघुकुल की रीत है जो अकेले में दिये वचन पर भी बनवास काटना ही होगा। हम राजा-महाराजाओं के वंशज हैं, हमारे यहाँ ऐसी औरतें चाकरी करने दासियाँ बनाने के लिए होती थीं, जो राजा की सेवा और मनोरंजन करती थीं, उनके पाँव की जूती बनकर रहती थीं। कान खोलकर सुन लीजिये, जो हो गया सो हो गया, अब जो होगा हमारे हुकुम से होगा। आप वही करेंगे जो आपकी माँ सा कहेंगी, ये आपकी माँ सा का, एक क्षत्राणी का हुकुम है।"

"माँ सा??"

"बस अब और कुछ नहीं बना! आप अब लाली से नहीं मिलेंगे। उसके लिए हवेली के द्वार हमेशा-हमेशा के लिए बंद किये जाते हैं।"

***

"क्या भई महेंद्र! अभी तक पार्टी फ़ण्ड में तेरा चंदा नहीं आया? टिकट से प्यार घट गया क्या? बोले तो सिहाग को दे दूँ? वो तो ब्रीफ़केस तैयार रखकर बैठा है।" जयपुर से जोशी महेंद्र को फ़ोन पर हड़का रहा था।

"जोशी जी! बस थोड़ी और मोहलत दे दीजिये हुकुम। रक़म के ही इंतज़ाम में लगा हुआ हूँ, दो-पाँच दिन में हो जायेगा।"

"ठीक है, दो और पाँच हो गये सात और इस हफ़्ते के बचे तीन दिन, वो और मिलाकर हो गये दस। आख़िरी दस दिन की मोहलत और देता हूँ तेरे बिना माँगें ही, पर इसके बाद एक दिन भी और ज़्यादा नहीं। भई हमें

भी तो आला-कमान को दिल्ली जवाब देना पड़ता है। तो अगले महीने तक पैसे आते हैं तो ठीक वरना सिनेमा का टिकट ख़रीद कर फ़िल्म देख लेना... हा हा हा! रखता हूँ।”

“खम्माघणी हुकुम।” महेंद्र ने माथे पर आया पसीना पोंछा। उसे ये तो पता था कि पार्टी मुख्यालय में क्षेत्रवार पार्टी उम्मीदवारों की लिस्ट बन रही है और अभी तक लक्ष्मणगढ़ की सीट पर कोई नाम नहीं भरा गया है। पर कब उसकी जगह भानु का नाम चढ़ जाये ये किसको पता। उसने तुरंत फ़ोन निकाला और शक्ति सिंह का नंबर लगाया।

“हाँ हुकुम! खम्माघणी। जी...जी सब सेट कर दिया है हुकुम! आप तो बस एग्रीमेंट के काग़ज़ और पेशगी तैयार रखिये, बाक़ी सब मैं देख लूँगा। जी बहुत अच्छा हुकुम, कल सवेरे आता हूँ... घणीखम्मा।” जाने महेंद्र के दिमाग़ में क्या प्लान चल रहा था। क्योंकि अभी तो नीरजा ने हवेली बेचने की कोई हामी भी नहीं भरी थी और महेंद्र भी ये जानता था कि नीरजा के जीते-जी हवेली ख़ाली करा पाना सम्भव भी नहीं है और हिम्मत भी हवेली कहाँ बेचने देगा। वो भी महेंद्र की मार्फ़त तो बिल्कुल नहीं। तो फिर किस बिनाह पर महेंद्र ये खेल खेल रहा था? कौन जाने उसकी शैतान खोपड़ी में क्या चल रहा था।

“भईया... भईया! भानु भईया कहाँ हो आप?”

“अरे क्या हुआ रे हर्ष! सुबह-सुबह क्यों हंगामा मचा रहा है?” भानु अपने कमरे की घुमावदार संगमरमरी सीढ़ियों पर अपने पैसे और रुतबे से भरे गुरूर के साथ लापरवाही से उतरता हुआ बोला।

“भईया ख़बर ही ऐसी है। आप भी सुनोगे तो बोलोगे, वाह हर्ष क्या ‘मौक़े पर चौका’ लगाया है।”

“ऐसा क्या? तो बता!”

“महेंद्र का भतीजा हिम्मत, लुहार टोले की किसी लड़की के प्रेम के चक्कर में पड़ गया है और सुना है बात घर तक पहुँच गयी है। बात अभी खुले

में तो नहीं आयी है, पर चिंगारी कभी भी आग बन सकती है।"

"हम्म! तो भड़का दे छोटे। ये तो बढ़िया मुद्दा मिल गया है खेलने को। आख़िर हिम्मत है तो महेंद्र का भतीजा ही न और कुछ नहीं तो कम से कम राजपूत बिरादरी के वोट ही कट जायेंगे, तो भी बहुत है। बाक़ी समीकरण अपन लाठी और दाम फेंक कर जमा लेंगे।"

"पर भईया, महेंद्र और हिम्मत का अब तो कोई सम्बन्ध नहीं रहा है!"

"अरे छोटे, तू अभी छोटा है! तू समझता नहीं ये ख़ून के रिश्ते हैं, ये जब पुकारते हैं न? तब या तो ख़ून उबलता है या गिरता है। अब जो भी हो चुनाव से ऐन पहले महेंद्र की पगड़ी उछालने के लिए मैं कोई मुद्दा ढूँढ़ ही रहा था, सो तू ले आया। वाह! जी ख़ुश कर दिया सुबह-सुबह। जा तू भी क्या याद करेगा, जयपुर फ़ोन लगा और जो हार्ले डैविडसन बाइक की रट लगा रहा था न मँगवा ले आज और अभी।"

"थैंक यू भईया! आई लव यू।"

"ओये अंग्रेज़! भाई से गले मिल और आई लव यू किसी लौंडिया के लिए बचाकर रख और सुन!"

"जी।"

"ख़बर ऐसे फैलनी चाहिए कि बहरों को भी सुनाई दे और गूंगे भी इसके बारे में बात करें।"

"समझ गया भईया! ऐसा ही होगा।"

* * *

"लाली कहाँ है काकी?" घर में घुसते ही कालू ने बिजली से पूछा।

"चौपायों को सान रही है। तू बोल कैसे आया?"

"देख काकी! लड़की तो तेरे हाथ से निकल गयी है और रही बात इज़्ज़त की, तो वो लड़की के हाथ से निकल गयी है पर टोले की इज़्ज़त की ख़ातिर मैं अब भी इससे ब्याह करने को राज़ी हूँ। वरना जो इसके लखण हैं, शादी क्या कोई शरीफ़ आदमी इसको रखैल न बनाये।"

हिम्मत की लाली

"ख़बरदार कालू! जो ऐसी बात मेरी लाली के लिए बोली तो, मैं ज़बान खींच लूँगी तेरी।"

"ले खींच! पर ये तो बता किस-किस की ज़बान खींचेगी? टोले की? गाँव की? हवेलीदारों की? पंचों की? समाज-बिरादरी की? किन-किन की? ले कालू ने तो तेरे डर से अपनी जुबान अंदर कर ली पर जब ये बाक़ी सब बोलेंगे न, तब कपड़ों में भी नंगी हो जायेगी लाली!" कहकर हाँफने लगा कालू।

"अरे जा-जा! बड़ा आया लाली को नंगा करने वाला। साले! अपने आपको समझता क्या है, लाली अपनी मर्जी की मालकिन है, किसी की लौंडिया नहीं!" लाली अंदर आ चुकी थी और कालू से भिड़ गयी थी।

"हाँ! तुझे तो बड़ा शौक़ है न मालकिन बनने का, तभी तो यार रख छोड़े हैं तूने ऊँची हवेलीवाले। याद रख लाली ये सब खेल है जी बहलाने के, लोहे और सोने का कोई मेल नहीं!"

"तू भी याद रख, प्यार की भट्टी में लोहा भी पिघलता है और सोना भी।"

"आख़िरी बार पूछ रहा हूँ, या तो इच्छा से मेरी हो जा वरना जबरदस्ती तो मैं करके रहूँगा।"

"आजा! अगर एक बाप की औलाद है तो वो भी करके देख ले।" लाली की बात सुनकर कालू ताव में आगे बढ़ा। यदि वक़्त पर कालू को ढूँढ़ती हुई कमली उधर न आती तो दोनों के बीच ख़ून-ख़राबा हो जाना था। कमली कालू को खींचकर वापस ले गयी और बिजली लाली को लेकर अंदर को चल दी। पर टोले में बात गरम हो गयी कि कालू और लाली का लगन अब हो जाना चाहिए।

"ये कालू क्या अनाप-शनाप बके जा रहा था?"

"पता नहीं मौसी, इसकी तो आदत ही है।"

"नहीं पर इसके तेवर तो ऐसे थे जैसे बहुत कुछ जानता हो।"

"हो सकता है इसे पता चल गया हो मौसी।"

"मतलब तेरे और... !" जवाब में लाली ने सिर्फ़ सिर झुका लिया।

"हाय राम ! अब ये तो बावला सांड ठहरा, कहीं भी सींग मारेगा। देख लाली मैं और किसी बात से नहीं डरती पर जिस आस पर तू चल रही है न, बच्ची कहीं वो ही तुझे निरास न कर दे।" लाली ने सिर हिलाते हुए बड़ी कातर निगाहों से मौसी को देखा।

"अरे ये मरद जात है बिटिया, बिजली खूब जानती है इसे। इसने बिजली को जो झटका दिया। जो झटका दिया कि फिर बिजली कभी किसी घर की चमक बन ही नहीं पायी। तुझे क्या लगता है मैं जवान और खबसूरत नहीं थी? भरपूर औरत नहीं थी? पर वो ही पूरा मरद नहीं निकला जिस पर मैंने भरोसा किया। हरामज़ादा ! अपनी बात पर टिका नहीं, रातें मेरे साथ और नाता दूसरे टोले की मुखिया की लड़की के साथ। ठीक है मैं ही बेवकूफ़ थी जो उसकी बातों में आ गयी। बस लाली तू ध्यान से क़दम उठाना, अपने आपको तभी अर्पण कीजो जब तेरा मरद सही में मरद का बच्चा हो, वरना मेरी तरह निपूती राँड बनकर रह जायेगी।" कहती-कहती बिजली रो पड़ी, उसके रुदन ने लाली को भी रुला दिया। लाली का विश्वास हिम्मत पर यूँ तो अटल था, पर इस बात ने उसे थोड़ा डरा दिया था। शाम भी होने को थी सो उसने दूध की गगरी उठाई और भारी क़दमों से हवेली की ओर चल दी। उसे क्या पता था कि उसका इंतज़ार आज हवेली में पहले से ही हो रहा है।

* * *

लाली के क़दम हवेली की तरफ़ उठते ही न थे। 'क्या होगा, जो मौसी का कहा सच हो गया तो? पर... पर हिम्मत ने तो वचन दिया है और राजपूत अपनी ज़बान से नहीं फिर सकता। जो अब अगर वो डिगता है तो अपनी बात और जात का नहीं। मैंने तो अपना सर्वस्व न्यौछावर कर दिया है और अब मेरे पास खोने को और है ही क्या? अब तो बस पाने को है' लाली ने जैसे ही क़स्बे की सीमा में प्रवेश किया, उसके विचार थमने लगे और आँखें झुकने लगीं। क़स्बे की लगभग सभी आँखें उसे ही घूर रही थीं, शायद हर्ष अपना काम कर चुका था। वैसे भी औरत की बदनामी तो तेज़ हवा की पतंग की तरह होती है जो एक बार उड़ गयी सो उड़ गयी, फिर हवा

हिम्मत की लाली

की मानिंद आगे ही आगे बढ़ती जाती है पर क़ाबू नहीं आती। लाली नज़रें नीची करके जैसे-तैसे हवेली तक आयी। हवेली की ड्योढ़ी पर आकर उसने पुकारा पर उसकी आवाज़ में वो रोज़ वाला आत्मविश्वास ग़ायब था, उसका स्वर घबराये पंछी की कातर पुकार सरीखा था। आँगन के परली ओर से उसे हिम्मत की माँ आती दिखायी दी पर बिना बर्तन, ख़ाली हाथ। आशंकित तो लाली थी ही पर नीरजा को ख़ाली हाथ और तनी हुई मुद्रा में आता देख वो समझ गयी कि मुट्ठी खुल चुकी है। अब तो या इस पार या उस पार है।

"खम्माघणी बाई सा! आज दूध कोणी लेवो सा।" जवाब में नीरजा कुछ नहीं बोली, उसने इशारे से लाली को अंदर आने का संकेत भर दिया। लाली किवाड़ भीड़ कर आँगन में आ गयी, अब नीरजा और लाली आमने-सामने खड़े थे।

"लाली! ये हिम्मत के पिता जी के अहसान हैं जो आज तुम लोगों का टोला शरीफ़ों की ज़िन्दगी गुज़र-बसर कर रहा है, वरना डोल रहे होते बैलगाड़ियों पर ढाणी-ढाणी। पर इस हवेली का अहसान मानना तो दूर, कुछ लोग इसी हवेली की इज़्ज़त मटियामेट करने में लगे हुए हैं। राजा ख़ुश होकर किसी नाचने वाली को गले का हार दान कर दे, तो नाचने वाली को अपने-आपको रानी समझने की भूल कभी नहीं करनी चाहिए। बता लाली! मैं ठीक तो कह रही हूँ कि नहीं?" लाली की पलकें पानी के भार से झुकी-झुकी जा रही थीं, उसने कनखियों से हिम्मत को ढूँढ़ने की कोशिश की पर हिम्मत कहीं नहीं दिखा। नीरजा का बोलना जारी था।

"और आजकल की लड़कियों को भी देखो न, शक्ल न सूरत न ख़ानदान का पता न माँ-बाप का और जहाँ बड़े घर और ऊँची जात का लड़का देखा नहीं वहीं फिसल जाती हैं।" नीरजा की बातें सुन लाली अपना होंठ काट कर रह गयी। जन्मजात मुँहफट लाली के होंठो को प्यार ने सिल दिया था, वो बस एक बार हिम्मत को देख लेना चाहती थी। उसकी आँखों में आँखें डाल बस एक बार और भरोसा कर लेना चाहती थी कि उसके कानों ने पोखर किनारे जो सुना था, हिम्मत के होंठ क्या वक़्त आने पर वही फिर से दोहरा सकते हैं या नहीं? उसकी संकोची नज़र ऊपर को उठी, छत की मुंडेर पर हिम्मत की छाया पड़ रही थी। 'तो क्या बना घर ही हैं? और

उनकी माँ सा मुझसे जो भी अभी कह रहीं हैं सब सुन भी रहे हैं?' यह सोच लाली को धक्का-सा लगा, फिर उसने भी सोचा 'ठीक है लाली देख लेते हैं प्यार की आँच को भी।' वो समर्पण की मुद्रा में सिर झुकाकर खड़ी हो गयी, जैसे उसने नीरजा को अपने जी का गुबार निकालने की अनुमति दे दी हो।

"पता नहीं किस बदज़ात के साथ मेरे हिम्मत का नाम जोड़ा जा रहा है। अरे! रिश्ते-नाते अपने बराबरवालों में और अपने समाज के लोगों में बनाये जाते हैं। ऐसे थोड़ा न कि जहाँ दूध गाड़ा दिखा, मुँह मार लिया! दूध....हाँ दूध से याद आया लाली! अब कल से आने की ज़रूरत नहीं होगी। हमने तय किया है कि अब दूध पीछेवाली गली के तबेले से लिया करेंगे। सुना है उनकी गाय अच्छी नस्ल की हैं, तो दूध भी अच्छा ही होगा।" जितनी चोट अपने तानों से नीरजा लाली को पहुँचा सकती थी, उसने पहुँचाई पर लाली ने उफ़! तक न की। अंत में वो, "जो हुकुम बाई सा।" कह हवेली के किवाड़ से निकलने को हुई तो अनायास उसकी नज़र छज्जे पर पड़ी, हिम्मत की छाया वहाँ से नदारद थी।

बहते काजल के साथ लाली ने हवेली के बाहर क़दम रखा। वो कुछ क्षण वहाँ यूँ ही खड़ी रही और समझने की कोशिश करने लगी कि उसके साथ क्या हुआ। फिर जैसे ही उसने गली में अपना पहला क़दम रखा, उसके पैरों के आगे एक काग़ज़ का पुर्ज़ा आ कर गिरा। उसने बिना ऊपर देखे उसे उठाया, उसमें हिम्मत की लिखायी में लिखा था- 'मुझे माफ़ कर देना लाली, पर मैं मजबूर हूँ। पर ये न समझना कि मैंने तेरे से मुँह फेर लिया है! मुझे अच्छी तरह याद है मैंने तेरे से क्या वादा किया है और ये एक राजपूत का वचन है। ये मेरा मोबाइल नंबर है, अभी तक तो इस्तेमाल नहीं किया था पर लगता है अब करना पड़ेगा। मुझे फ़ोन करना। तुम्हारा हिम्मत' हर शब्द के साथ लाली की चेतना लौटने को हुई। ज़्यादा पढ़ी-लिखी नहीं थी लाली, सो उसे वक़्त तो लगा पढ़ने में पर हर शब्द को पढ़ने के साथ उसका आत्मविश्वास लौटने लगा। आख़िरी शब्द पढ़ने के बाद उसने डरते-डरते ऊपर देखा तो मुंडेर के पीछे से हिम्मत घायल मुस्कुराहट के साथ उसी की ओर देखता मिला। लाली की आँखें छलछला आयीं, उसने हौले से यूँ सिर हिलाया जैसे सब समझ लिया हो; हिम्मत की मजबूरी भी। लाली जाती रही हिम्मत उसे ओझल होने तक देखता रहा। दिल और दिन डूबते रहे।

हिम्मत की लाली

***

यूँ देखा जाये तो क्या ही बदला, पर उस दिन के बाद से हिम्मत और लाली के लिए तो जैसे सब कुछ ही बदल गया। जवान होंठो से मुस्कराहट यूँ छिन गयी, ज्यों पंछी से उड़ान छिन गयी हो। अब दोनों उदास शरीरों के साथ अपनी-अपनी चार-दीवारियों से डूबते सूरज को देखा करते। कभी लाली की आँखें गीली होतीं कभी हिम्मत की और कभी-कभी दोनों की, पर सूरज नहीं पिघलता था और न ही नीरजा पिघली। उसने देखकर भी हिम्मत की तड़प को अनदेखा किया, हिम्मत ने भी कोई शिकवा नहीं किया। हवेली की ठंडी दीवारों के बीच जितनी नीरवता भर सकती थी, भर गयी थी। नीरजा ने जिस दिन लाली को लताड़ा था, उसी दिन अपने मायके चिट्ठी भेजकर अपनी भाभियों को हिम्मत के लिए अपनी रिश्तेदारियों में कोई अच्छी लड़की तलाशने को कह दिया था और अब वो उन्हीं कपोलकल्पनाओं में व्यस्त रहती थी। हिम्मत के लिए वक़्त काटना मुश्किल हो चला था, वो रह-रहकर अपने फ़ोन को तकता रहता था पर उसमें से लाली नहीं पुकारती थी।

उधर लाली का भी बुरा हाल था। मौसी पूछ-पूछकर थक गयी पर लाली ने मुँह न खोला। थक-हारकर मौसी ने भी उसे उसके हाल पर छोड़ दिया, मौसी जानती थी कि जवान दिल पर लगा पहला-पहला घाव है भरने में वक़्त लेगा। जब लाली दो-तीन दिन में कुछ संयत हुई, तो घर से बाहर निकली उसकी आँखें कमली को ढूँढ़ रही थीं। बीते दो दिनों में कमली भी उसके घर कम से कम बीस बार आ चुकी थी, पर गुमसुम लाली ने ज़ुबान नहीं खोली थी। आज उसका मन कर रहा था कि अपनी सहेली के गले लग कर जी भर रो ले। वो कमली को ढूँढ़ते-ढूँढ़ते उसके घर पहुँची, झोपड़ी के आँगन में कालू अपने लिए चिलम तैयार कर रहा था। लाली को देखकर उसने खींसे निपोरी और दाँत दिखाकर भोंडी मुस्कान देते हुए लाली को निहारा और आँख दबाकर अश्लील इशारा किया। कोई और दिन होता तो लाली ने हमेशा की तरह कटार निकाल ली होती, पर जवाब में लाली ने उसे कुछ नहीं कहा। यहाँ तक की कोई प्रतिक्रिया तक नहीं दी। शिकार को प्रतिरोध न करते देख कालू को मज़ा नहीं आया, उसने मुँह में रखी तम्बाकू थूकी और कमली को आवाज़ दी।

"अरे कमली! तेरी भाभी आयी है तुझसे मिलने।" बोलकर वो खे..
खे..कर हँसने लगा। कमली अंदर से भुनभुनाती हुई बाहर को आयी, उसके
हाथों पर आटा सना था। लाली को खड़ा देख वो थोड़ा सकपकायी, पर
मज़मून भाँप उसने लाली को इशारे से उनकी जगह पहुँचने को समझा
दिया। लाली धीरे-धीरे टोले के पीछे को जाने लगी, उसके पीछे-पीछे कालू
के ठहाके चल रहे थे। लाली वहाँ पहुँचकर नियत जगह बैठ गयी और
गुमसुम-सी कुछ सोचने लगी। वो अपने ख़यालों में इतनी गुम थी कि उसे
पता ही नहीं चला कि कब कमली आयी और उसके पास आकर बैठ गयी।

"क्या हुआ लाली? मुझसे नहीं कहेगी तो किससे कहेगी?" कमली
की आवाज़ सुन लाली ने अपना सिर घुटनों में दबाया और बेतहाशा फफक
कर रो पड़ी। कमली ने भी उसे जी भर रो लेने दिया, रुदन के उतार पर
लाली ने अपनी व्यथा कमली को सुना डाली। लाली की पीड़ा सुन कमली के
भी आँखों के कोर भीग गये। बहुत देर बाद जाकर लाली आपे में लौटी।

"सुन बना का नंबर लायी है?" कमली की बात सुन लाली ने वो पर्ची
कमली को पकड़ा दी। कमली ने पर्ची देखकर ध्यान से एक-एक नंबर अपने
मोबाइल पर टाइप किया। उसने नंबर डायल किया और लाली के कान पर
फ़ोन लगा दिया, लाली का दिल ज़ोरों से धड़कने लगा। उधर रिंग लगातार
बज रही थी, लाली से ख़ुद की ही धड़कनें नहीं सँभाली जा रही थीं।

उधर फ़ोन बजने की आवाज़ सुन अहाते में अपनी साइकिल धोता-
धोता हिम्मत, इतनी तेज़ दौड़ा कि नीरजा भी देखती रह गयी। हिम्मत के
दिल की रफ़्तार से उसकी टाँगें ताल नहीं मिला पायीं, अपने कमरे तक
पहुँचने से पहले हिम्मत सीढ़ियों पर फिसलकर चोट लगवा बैठा था। बहते
ख़ून की परवाह करे बिना वो दौड़कर जब तक कमरे में पहुँचा, तब तक
फ़ोन चीख़-चीख़कर शांत हो चुका था। उसने बिना देर किये पलटकर तुरंत
फ़ोन लगाया, रिंग कमली के फ़ोन पर गयी। लाली ने घबराकर कमली को
देखा, उसने ज़िन्दगी में कभी फ़ोन का इस्तेमाल नहीं किया था सो उसे पता
ही नहीं था कि बात कैसे करनी है। वो जल बिन मछली जैसे तड़पने लगी,
कमली ने उसके हाथ से फ़ोन लिया और कॉल ले ली।

"हैलो हैलो लाली! लाली ही बोल रही हो न?"

हिम्मत की लाली

“देखो बना ! आगे से मेरी सहेली का ये हाल किया न तो मुझसे बुरा कोई न होगा। कमली बोल रही हूँ।”

“कमली मेरी बात लाली से करवा दे, तू जो बोलेगी वही करूँगा। बस एक बार मुझे उसकी आवाज़ सुना दे तीन रातों से सोया नहीं हूँ। बावला हो गया हूँ!” फ़ोन स्पीकर पर था और लाली सुन रही थी।

“तो मैं कौन सी सोई हूँ, बस रोई ही रोई हूँ।” लाली ने कमली से फ़ोन ले लिया और थोड़ा दूर को चली गयी। अब दो प्रेमी अकेले थे और अपने दिल के दुखड़े रो रहे थे।

“कैसी है?”

“बस मरी नहीं!”

“मुझ पर भरोसा तो है न लाली? मैं सब ठीक कर दूँगा!”

“बना! अब जो हो सो हो, इस लुहारन ने तो तुम्हें अपना मान लिया। अब तुम स्वीकारो तो तुम्हारी, वरना जोगन बन जाऊँगी। मेरा पूरा जीवन तो उस शाम की याद में कट जायेगा, जब तुमने मुझे अपने अंग लगाया था।”

“ओह लाली ! मैं तुम्हें कितना याद कर रहा हूँ, फ़ोन पर बता भी नहीं सकता।”

“कितना?” लाली की आँसू भरी आँखों में शरारत कुलबुलायी।

“इतना जितना कि चातक चकोर को करता होगा, ज़मीन पानी को करती होगी, डंगर चारे को करते होंगे।” हिम्मत अपनी रौ में बोलता ही चला गया, उधर लाली उसके भोलेपन पर हँसने लगी। थोड़ी देर में ही माहौल से मनहूसियत ग़ायब हो गयी और दोनों तरफ़ खिलखिलाहट गूँजने लगी।

* * *

“जुबान देकर फिर गया क्या सरपंच ...हम्म?” शक्ति सिंह महेंद्र को लताड़ लगा रहा था।

"नहीं हुकुम! हवेली तो आप ही की है, जब चाहे ले लो। वो मैं ज़रा बाहर गया था, अब आ गया हूँ तो आज ही शाम को काग़ज़ पर दस्तख़त लेता हूँ भाभी सा के।"

"देख मुझे हवेली तब तक ही पसंद आ रही है, जब तक मुझे वो इंतज़ार नहीं करवा रही। अगर हवेली मुझे इंतज़ार करवायेगी, तो मेरा क़हर टूटेगा तुम सब पर।"

"रहम हुकुम रहम! मैं बोल रहा हूँ न, कैसे भी हो आज काम करवा ही दूँगा।"

"खम्माघणी।"

"घणीख...!" उधर से फ़ोन रखा जा चुका था। महेंद्र के माथे पर ठंडा पसीना चू रहा था। जो पैसे उसे शक्ति से मिले थे, वो तो उसने जयपुर में जोशी को दे दिये थे ताकि उसका टिकट पक्का हो जाये। पर अभी पैसों की एक किश्त शक्ति से आनी बाक़ी थी और काम भी अधूरा था। कुल मिलाकर महेंद्र ख़ुद को फँसता हुआ देख रहा था। 'कुछ कर महेंद्र कुछ कर, वरना शक्ति सिंह तेरी खाल उधड़वा कर उसकी जूतियाँ पहनेगा, जूतियाँ।' महेंद्र अभी सोच ही रहा था कि क्या करे इतने में उसकी चौखट पर आहट हुई।

"कौन है?" महेंद्र गुर्राया।

"हुकुम, कालू!" एक काला चेहरा चिक के बाहर दिखा। कालू बाहर सर्दी की धूप सेक रहा था और अपने दांत एक तीली से कुरेद रहा था।

"कालू! बाहर कोई है तो नहीं।"

"न हुकुम! मैं ही हूँ अकेलो।"

"हम्म! पीछे के दरवाज़े से अंदर ने आजा।" महेंद्र की आँखों में चमक आ गयी।

"क्या हाल हैं रे तेरे?"

"ठीक हूँ हुकुम, मैंने सोचा बहुत दिन हो गये हुकुम ने याद ही नहीं

किया। सो ख़ुद ही चला आया...कोई काम हो मेरे लायक़ तो बताओ।"

"बड़े मौक़े पर आया है कालू! पहले ये बता कि इन दिनों से लाली और हिम्मत का क्या चल रहा है?"

"लगता नहीं कुछ बचा है! आज ही लाली को देखा था, सुबह मरी-मरी सी लग रही थी। जैसे उसका ख़सम चल बसा हो। आप तो छोड़ो उनको, और मेरी नैया पार लगाओ।"

"तुझे क्या चाहिए?"

"लाली!! और लाली को पाने के लिए कोई काम चाहिए।"

"तू तो शेर है और शेर भी कोई काम करते हैं भला?"

"अब शेरनी को नौकरी वाला कुत्ता ही पसंद हो तो शेर को भी कुत्ता बनना ही पड़ेगा! लाली मेरी इसीलिए तो नहीं हो पा रही कि मैं कोई काम-धंधा नहीं करता। तो मैंने भी सोच लिया है दो-तीन महीने में अपना क्या जा रहा है, एक बार नाता जोड़ लूँ फिर तो वही होना है जो कालू चाहेगा।"

"अच्छा सुन एक काम है।" और महेंद्र की फुसफुसाहट पूरे कमरे में फैल गयी।

* * *

"जोशी साहब नमस्कार! आपकी अमानत कब से सूटकेस में ही रखी हुई है। कब आऊँ पार्टी कार्यालय?"

"देख भई सिहाग! ये सब फ़ैसले ऊपर से होते हैं। मैंने तेरा नाम भी ऊपर भेज रखा है पर आला-कमान का रुझान महेंद्र की तरफ़ है और ये ग़लत भी नहीं है। जातिगत समीकरण वही पूरे कर रहा है।"

"और अगर जाती में ही थू-थू हो रही हो तो?"

"मतलब?"

"मतलब ये जोशी जी! कि आपके चहेते उम्मीदवार के चेहरे पर राजपूत समाज जल्दी ही कालिख मलने वाला है।"

“साफ़-साफ़ बोल सिंहाग !”

“देखो जी ! साफ़-साफ़ तो ये है कि महेंद्र का भतीजा हिम्मत, एक लुहारण से नाता जोड़ बैठा है और ये चिंगारी कभी भी आपके उम्मीदवार की इज़्ज़त उछाल सकती है। अब आपको ये बताने की ज़रूरत तो है नहीं कि फिर क्या होगा !”

“हम्म ! ख़बर पक्की है?”

“सोलह आने साहब।”

“ठीक है ! सोमवार को पार्टी ऑफ़िस आकर मिलो।”

“जो हुकुम जोशी जी।” फ़ोन रखते ही भानु ने कुटिल मुस्कान हर्ष की ओर फेंकी।

“वाह भईया ! ये हुई बेआवाज़ चोट। क्या दाँव चला है, मान गया आपकी राजनीति को।”

“अभी तो खेल शुरू हुआ है छोटे, पर देख महेंद्र पुराना चावल है राजनीति का, वो चुप नहीं बैठा होगा कुछ न कुछ वो भी कर रहा होगा। इन सबके बीच ये देखते रहना कि वो लड़का हिम्मत और वो लौंडिया लक्षणगढ़ से भाग न जायें या कोई उनको ग़ायब न कर दे। उनकी ज़रूरत मुझे तब तक है जब तक पार्टी मेरे नाम का टिकट नहीं काट देती।”

“आप बेफ़िक्र रहिये भईया, मेरी नज़र रहेगी दोनों पर।” चुनावी बिगुल बज चुका था, बिसात बिछ चुकी थी। पर जिन पियादों पर सारा खेल टिका था, उन्हें तो कुछ अंदेशा तक नहीं था। वे तो अभी इसी उधेड़बुन में थे कि कैसे नीरजा को मनायें और कैसे एक-दूजे से मिलें।

* * *

“अरे ! मैं तो बोलूँ हुक़्क़ा-पानी बंद कर दो हवेली वालों का।”

“हाँ और क्या ! लाज-शर्म तो जैसे बेच खायी। कम से कम इतना तो देखा होता नीरजा के कपूत ने कि कहाँ नाता जोड़ रहा है।”

“मैं तो कहूँ कि समाज की पंचायत बुला लो और वहीं बात करो, और

हिम्मत की लाली

महेंद्र सिंह को भी बोलो कि वोट तभी मिलेंगे जब ये मसला ख़त्म होगा।"
गाँव में जितने मुँह और उतनी बातें। जहाँ नीरजा ने समझा था कि मसला
दब गया है, वहाँ ये सिहाग के प्रचार करने के कारण सामूहिक और पेचीदा
हो उठा था। जहाँ गाँव के मर्द हिम्मत और महेंद्र पर बिगड़ रहे थे वहीं औरतें
नीरजा को ताना कस रही थी।

"अरे जवानी हमने नहीं देखी क्या? पर ये तो सब जानते-बूझते हुए
भी अपने मुँह पर आप कालिख पोतना हुआ। नीरजा को क्या दिखा नहीं
कि जवान लड़के के क़दम कहाँ पड़ रहे है?"

"बहन! ताली एक हाथ से तो बजती नहीं, जवान राजपूत लड़का
देखकर लुहारण की लार टपक गयी होगी, सोचा होगा एक तीर दो
शिकार। ऊँची जात में नाता, कम झंझटवाला ससुराल और सास के मरने के
बाद हवेली की अकेली मालकिन। सो शाम को दूध देने के बहाने आँचल
उघाड़कर अपने थन भी दिखा दिये होंगे और हिम्मत बना सांड बन गये
होंगे....हीहीही!" औरतों की हँसी-ठिठोली इस हद तक चल रही थी।

इन सबसे बेख़बर नीरजा और हिम्मत हवेली में अपने-अपने मन के
कुओं में कुंडली मारे बैठे थे। दोनों की ही समझ नहीं आ रहा था कि कैसे
घर के माहौल को पहले जैसा बनाये। इस बीच अगर किसी शुभचिंतक की
कमी थी तो वो भी महेंद्र सिंह के असमय धमक आने से पूरी हो गयी थी।

"खम्माघणी भाभी सा!" महेंद्र ने हवेली का किवाड़ खटखटाया।

"आओ-आओ देवर सा!" हिम्मत ने थोड़ा आश्चर्य के साथ महेंद्र को
देखा। ये इतने सालों में पहली बार था कि महेंद्र ने हिम्मत के सामने घर में
क़दम रखा था। हिम्मत नहीं जानता था कि जो ये ज़हर हवेली की आबो-
हवा में फैला हुआ है, वो उसी का फूँका हुआ है। पर ज़्यादा आश्चर्य हिम्मत
को माँ द्वारा महेंद्र को हवेली के अंदर आने की अनुमति देने पर लगा।
अब माँ के सामने तो हिम्मत चाहकर भी कुछ कर नहीं सकता था, सो मन
मसोस कर बैठ गया।

"कैसे हो हिम्मत बना? आजकल बड़े चर्चे हैं आपके लक्ष्मणगढ़ में!"
महेंद्र ने तिरछी नज़र हिम्मत पर डालकर थोड़ी हिकारत भरी मुस्कान से

कहा। हिम्मत अंदर तक सुलग उठा, वो इशारा समझ गया। साथ ही उसे समझ आ गया था कि ये सब उसके चाचा का ही किया धरा है। नीरजा ने फ़ौरन मामला भाँपते हुए बातचीत का रुख़ अपनी ओर मोड़ा।

"देवर सा! ऊपर वाले ने इतना क़ाबिल बेटा दिया है तो चर्चे तो होंगे ही। वैसे भी अब कुछ ही दिन रह गये हैं दौड़ में बस, एक बार बना दौड़ निकाल ले फिर जमवाय माँ के आशीर्वाद से इसका घर बसाऊँ और घर में ऊँचे कुल की क्षत्राणी लाऊँ।" आख़िरी पंक्ति हिम्मत का कलेजा चीर गयी।

"बिल्कुल भाभी सा! शेरों का मेल तो शेरनियों से ही चोखो लागे है। मैं ज़रा यूँ आयो थो कि थे आज हवेली का भी सोच लेते, मेरे पास ग्राहक लगा हुआ है, बहुत अच्छे पैसे दे रहा है। आप को कुछ करने की ज़रूरत नहीं, मैं एग्रीमेंट साथ लाया हूँ। आप तो बस यहाँ दस्तख़त करो और नोट गिनो।"

"ऐसे किसी को भी हवेली कैसे बेच दें? वो भी आपके कहने पर। माँ सा! ये हवेली किसी को नहीं बेचेगी। हैं न माँ सा?"

"मत बेचो, मेरा क्या है? मैं तो ख़ून के रिश्ते के नाते से कह रहा था। फिर कल को अगर तुम्हारे कर्मों से भाभी सा और मुझे समाज में नीचा देखना पड़ा तो यही पैसा काम आयेगा तुम्हारी अँधी दौड़ नहीं।"

"आपका कहने का मतलब काको सा?"

"बना! मतलब साफ़ है, तुम्हारी दौड़ अँधी हो गयी है। अब तुम्हें होश नहीं है कि क्या सही है और क्या ग़लत। जो तुमने थोड़ा-सा भी अपनी बूढ़ी माँ, मेरे स्वर्गीय भाई और अपने चाचा की इज़्ज़त का ख़याल किया होता तो ऐसा कुकर्म न किया होता।"

"ज़ुबान को लगाम दीजिये काको सा! मैं कुछ बोल नहीं रहा तो आप कुछ भी कहे जा रहे हैं।"

"देखा भाभी सा, देखा आपने! अरे अब ये हमारा हिम्मत नहीं रहा, इसकी आँखों में हमारी मान-मर्यादा कुछ बची ही नहीं। इसके संस्कार भ्रष्ट हो चुके हैं, उस लुहार टोले वाली लड़की के चक्कर में!"

हिम्मत की लाली

"काको सा!!" हिम्मत चिल्लाया और उसका हाथ हवा में उठकर रह गया। महेंद्र का दाव काम कर गया, वो यही तो चाहता था कि कुछ ऐसा हो जाये कि नीरजा मानसिक रूप से कमज़ोर हो उसका मनचाहा क़दम उठा ले। क्रोध और हताशा से काँपती नीरजा ने काग़ज़ों के पास रखी क़लम उठायी और एग्रीमेंट पर बिना पढ़े साइन कर दिये।

"माँ सा! नहीं माँ सा! ये आपने क्या किया?" महेंद्र ने आव न देखा ताव बाज़ की फुर्ती से काग़ज़ सँभाला और 'खम्माघणी' करता बाहर को निकल लिया। महेंद्र का घर से निकलना था और नीरजा का फट पड़ी।

"ये सब आपकी उस लाली के कारण हो रहा है कुँवर! न आप उसे अपनी ज़िन्दगी में लाते और न हमको ये दिन देखना पड़ता। आज आपकी एक ग़लती की वजह से हमारे हाथ से ये पुरखों की हवेली भी निकल गयी। क्या जवाब दूँगी मैं आपके पिता जी को? कि हमारे हिम्मत ने एक लुहारण की ख़ातिर हमारे ख़ानदान की इज़्ज़त पर दाग़ लगा दिया?"

"इज़्ज़त...इज़्ज़त... इज़्ज़त! तंग आ गया हूँ पिछले कुछ दिनों से सुन-सुनकर। समझ ही नहीं आ रहा, मैंने ऐसा क्या कर दिया माँ सा! जो आपने मुझसे यूँ मुँह फेर लिया। मैंने ख़ुद आगे बढ़कर तो कुछ भी नहीं चाहा था, पर प्यार ख़ुद-ब-ख़ुद हो गया। मैंने कभी लाली को इस निगाह से कुछ दिनों पहले तक नहीं देखा था, आपको तो पता ही है ये बात। पर पता ही नहीं चला ये रोज़-रोज़ की छेड़-छाड़ और चुहलबाज़ी कब प्यार में बदल गयी। माँ सा! वो बहुत अच्छी है, आपकी बहुत इज़्ज़त भी करती है। अगर आप उसे अपना लेंगी तो वो आपको माँ समान सम्मान देगी। ये मैं आपको वचन देता हूँ।"

"बना! ज़ुबान क़ाबू में रखिये, भूलिये मत आप एक क्षत्राणी से बात कर रहे हैं! किसी बेटे के मोह-पाश में फँसी बेबस माँ से नहीं। मैं अच्छे से जानती हूँ कि मुझे क्या करना है क्या नहीं- आप अपनी दौड़ निपटायेंगे, हम ये हवेली बेचेंगे और फिर मेरे पीहर में मेरे भाइयों के आस-पास मकान बनाकर रहेंगे। वहाँ आपके लिए आपकी भाभियों ने एक सुन्दर-सुशील राजपूतानी लड़की ढूँढ़ ली है; बस कुछ दिन और यहाँ काट लीजिये। मेरा निर्णय अंतिम है और इस पर मुझे आगे कोई बात नहीं करनी है!"

✴ ✴ ✴

महेंद्र की बोलेरो को तो मानो पंख लग गये थे, उसके ब्रेक लगे सीधे शक्ति सिंह के महल में। महेंद्र गाड़ी से उतर सीधे 'बना सा! बना सा!' चिल्लाता दौड़ा जा रहा था।

"क्या बात है महेंद्र सिंह, क्यों चिल्ला रहा है?" अस्तबल में घोड़ों का मुआयना करते हुए शक्ति ने कहा।

"बना बात ही ऐसी है कि आप भी ख़ुश हो जायेंगे।"

"चल सुना! फिर देरी क्या करनी!" अब दोनों चलते-चलते अस्तबल से बाहर को आ चुके थे। महेंद्र ने थर-थर काँपते हाथों से हवेली के काग़ज़ शक्ति सिंह के हाथों में दिये। शक्ति ने काग़ज़ों पर सरसरी नज़र डाली और नीरजा के साइन पुख़्ता किये। एक हल्की नशीली मुस्कान उसके चेहरे पर आयी और चली गयी।

"मान गये सरपंच तुझे! जो बोला करके दिखाया तूने। चल तू भी क्या याद करेगा, हम भी अपना वादा पूरा करते हैं।" शक्ति ने ताली बजाई तो एक अर्दली दौड़ा-दौड़ा आया। शक्ति ने उसके कान में कुछ फुसफुसाया, अर्दली ने सर झुकाकर शक्ति से विदा ली और महेंद्र को अपने पीछे आने को बोला। कुछ ही देर में महेंद्र, महल के तहख़ाने में अकाउंटेंट के ऑफ़िस में बैठा नोट गिन रहा था। हवेली का सौदा शक्ति से महेंद्र ने 'चार करोड़' में किया था, पर नीरजा से दस्तख़त उसने 'दो करोड़' पर करवाये थे। बाक़ी दो करोड़ उसने अपनी चुनावी टिकट पर चढ़ा दिये थे। पहली क़िस्त 'ढाई करोड़' उसे मिल चुकी थी, ये आख़िरी क़िस्त थी। क़रीब दो-ढाई घंटे बाद महेंद्र नोट सँभालकर महल से बाहर निकला।

बोलेरो में बैठते ही उसने अपनी मूँछों को ताव दिया और पहला फ़ोन जोशी को लगाया।

"जोशी जी ढोक! महेंद्र अर्ज़ कर रहा था। कब आऊँ पार्टी मुख्यालय अपना नाम लिस्ट में देखने?"

"कौन-सी लिस्ट महेंद्र?"

हिम्मत की लाली

"हा हा हा! अच्छा मज़ाक किया आपने भी जोशी जी! वही लक्ष्मणगढ़ वाली।"

"वो तो कब की बन गयी। ...अरे बनवारी ज़रा दिखाना तो शेखवाटी के उम्मीदवारों की लिस्ट। हम्म! तो भईया महेंद्र! पार्टी ने तय किया है कि लक्ष्मणगढ़ की सीट से इस बार, 'सिहाग' को टिकट दिया जाये। अभी सुबह ही सब नाम आला-कमान से फ़ाइनल होकर आये है। शाम तक मीडिया को ख़बर कर दी जायेगी फिर कल से प्रचार शुरू।"

"पर जोशी जी ऐसे कैसे? अभी कल तक तो मेरा नाम था जो उस लिस्ट में आने वाला था! आपने पैसे पहुँचाने को बोला तो उसी के इंतज़ाम में लगा था। पैसे मेरे पास हैं, अभी आकर दे जाता हूँ पर टिकट पर तो मेरा ही हक़ बनता है।"

"देख भई महेंद्र ये राजनीति है, तूने भी गाँव-क़स्बों में की है पर ये ऊँचे लेवल की बिसात है। इसमें आगा-पीछा, जात-बिरादरी, आरक्षण, विरोधी-समर्थक, सभी तरह के समीकरण देखे जाते हैं।"

"हाँ तो जोशी जी! मैंने सारे समीकरण साध रखे हैं कि नहीं? बस लक्ष्मी नहीं थी, वो भी आ गयी अब तो।"

"महेंद्र तेरे साथ सब ठीक था, पर तेरी छवि बिगड़ गयी और जिसकी छवि बिगड़ जाती है राजनीति का शनि उसे गद्दी नहीं देता।"

"मेरी छवि को क्या हुआ जोशी जी? पूरा राजपूत समाज मेरे साथ है!"

"है नहीं, था! अभी कल ही शाम को राजपूत समाज के अध्यक्ष राठौड़ साहब ख़ुद तेरा टिकट काटने की सिफ़ारिश करके गये हैं। अब समझ जा तू कितने पानी में है। फिर पार्टी हारने वाले उम्मीदवार पर दाव क्यों लगाये?" अब महेंद्र का गला रुँध गया, उसके पाँव कमज़ोर पड़ गये। उसके मुँह से बस इतना ही निकला-

"मैं कहाँ हार गया जोशी जी?"

"तू घर में ही हार गया महेंद्र! राम-राम!" फ़ोन कटने के बाद पहले

तो महेंद्र ख़ूब सुबका। आख़िर उसका बरसों का सपना यूँ उसकी आँखों के सामने देखते ही देखते तबाह हो गया था। फिर उसकी आँखों में ख़ून उतरने लगा, उसकी नज़र में इस पूरी बात का ज़िम्मेवार 'हिम्मत' था, न वो लाली से नाता जोड़ता न ये दिन आता। पुराने प्रतिशोध की ज्वाला फिर से भड़क उठी, महेंद्र कुछ ठान चुका था और उस ओर क़दम बढ़ा चुका था।

* * *

अगले ही हफ़्ते तीन बातें हुईं, जिससे सबके सरोकार जुड़े थे और आगे का घटनाक्रम यही बातें तय करने वाली थीं।

पहली बात फ़ौज की दौड़ की तारीख़ फ़ाइनल हो गयी थी, दूसरी बात भानु सिंह सिहाग को राष्ट्रीय जनार्दन पार्टी की ओर से लक्ष्मणगढ़ सीट से चुनाव लड़ने के लिए पार्टी का उम्मीदवार बनाया गया था, इसकी घोषणा अख़बारों ने प्रमुखता से छापी थी, और तीसरी बात थी महेंद्र सिंह का निर्दलीय उम्मीदवार के रूप में खड़ा होना। महेंद्र के निर्दलीय उम्मीदवार के तौर पर खड़े होना सबके लिए चौंकाने वाली ख़बर थी। क्योंकि सब जानते थे कि वो अब जीत तो नहीं सकता, फिर भी क्यों खड़ा हुआ ये सबके लिए कौतूहल का विषय था।

लक्ष्मणगढ़ शाम होते-होते तो छावनी-सा बन गया। जगह-जगह ढोल ताशे बज रहे थे। फूलों के हार पार्टी कार्यालय में क़िलो के भाव से लाये जा रहे थे और उम्मीदवारों को पहनाये जा रहे थे। राजपूत समाज ने भी अपना मूक समर्थन सिहाग के पक्ष में कर दिया था। हिम्मत के प्रेम-प्रसंग की बड़ी क़ीमत महेंद्र को चुकानी पड़ी थी, पर उसके पास हवेली के सौदे के बचे पैसे थे। मालूम उसे भी था कि वो जीत तो नहीं पायेगा पर अपने चिर-प्रतिद्वंद्वी भानु को इतनी आसानी से जीतते देख भी नहीं सकता था। तो महेंद्र की मंशा तो वोट काटने की तो थी ही, साथ ही साथ रायता फैलाने की भी थी और इसमें उसके साथ कालू और उसकी पूरी कंजर टोली साथ थी। ये वो लोग थे जिनके साथ कालू की उठ-बैठ थी और जो आये-दिन थानों और कचहरी का मुँह देखते थे। इनका गाँव और लुहार टोले से कोई सीधा सम्बन्ध न था, ये सब आदतन अपराधी थे। कालू की नज़र में उसको चुनाव तक काम मिल गया था, महेंद्र ने उसे चुनाव प्रसार और दूसरों का

हिम्मत की लाली

खेल बिगाड़ने के हिसाब से हर दिन की मोटी रक़म पर रख लिया था। अब महेंद्र के साथ-साथ कालू अलग नेता बना फिरता था और लाली को नित नये रंग दिखाकर रिझाने की कोशिश करता था।

भानु की नज़र में और पार्टी की नज़रों में भी महेंद्र का यूँ निर्दलीय रूप से खड़ा होना अखरा था। पर वे जानते थे कि महेंद्र को अपने समाज का ही साथ नहीं है, इसलिए चिंता वाली कोई बात नहीं है पर सब सतर्क ज़रूर थे। माहौल बदल गया था और सब बदले माहौल में बदल रहे थे। चुनावी अलाव जल रहे थे और दिसम्बर की ठण्ड अपने पैर राजस्थान के रेगिस्तानों में पसार रही थी। लक्ष्मणगढ़ में भी इस बार कड़ाके की ठण्ड पड़ रही थी, धुंध छाने लगी थी और अजनबी साये इधर-उधर मंडराने लगे थे; कुछ होने वाला था।

* * *

सुबह से दो मिस्ड कॉल्स हिम्मत, कमली के नंबर पर कर चुका था। आजकल हिम्मत और लाली का यही नया तरीक़ा था, हिम्मत कमली के नंबर पर मिस्ड कॉल दे देता था और कुछ ही मिनटों में कमली के फ़ोन से उसके फ़ोन पर मिस्ड कॉल आ जाती थी। इसका मतलब ये था कि अब समय मुफ़ीद है, लाली फ़ोन के आस-पास ही है और हिम्मत फ़ोन कर सकता है। इसी तरह दोनों के बीच प्यार परवान चढ़ रहा था। पर आज एक घंटे से भी ऊपर हो गया था और लाली की तरफ़ से कोई मिस्ड कॉल पलटकर नहीं आयी थी। हिम्मत की पेशानी पर चिंता के बादल छाने लगे, ऐसा समय प्रेमीयों के इम्तिहान का समय होता है। जब इंसान प्रेम में होता है तो ऐसी परिस्थितियों में उसका दिल न चाहते हुए भी अनहोनी ही सोचता है। अभी कुछ ऐसे ही ख़यालात हिम्मत के मन में भी उठ रहे थे, पर तभी उसकी बढ़ती धड़कनों को लाली की मिस्ड कॉल ने थाम लिया। हिम्मत ने तुरंत पलटकर फ़ोन किया और चढ़ बैठा लाली पर।

"कहाँ थी लाली? पता है कब से इंतज़ार कर रहा था तेरी कॉल का। इतनी देर से कहाँ थी? तू ठीक तो है?"

"हाँ मेरे बना जी! मेरे दिल के राजा, मैं ठीक हूँ। वो कमली के फ़ोन

में पैसे नहीं थे, अभी-अभी ये रिचार्ज करवाकर आयी है। बस इसलिए देर लग गयी।”

“तुझे मैंने कितनी बार बोला है कि अब तू भी मोबाइल ले ले। कैसा भी ले ले पर तू सुनती ही नहीं, मैं दिलाने की कहता हूँ तो भी मना कर देती है।”

“मुझे डर लगता है कहीं मोबाइल आने के बाद बदल गये तो? कहीं हममें ज़्यादा बातें होने लग जाये और मुझ अनपढ़ से तुम्हारा मन उतर गया तो?”

“धत पागल, ऐसा भी होता है! ज़्यादा बात करने से ज़्यादा मिलने से, मिलने की प्यास और बढ़ती है।”

“वो भी तो फिर समस्या ही हुई न बना जी! मिलने में इत्ती रोक-टोक है, तुमको देखे लग रहा है जैसे बरसों हो गये।”

“अच्छा सुन मेरी दौड़ की तारीख़ आ गयी है, अब मैं रोज़ सुबह पोखर किनारे तक जाऊँगा। तू भी वहीं मिलना और सुन किसी को बताना मत कमली को भी नहीं।”

“हाय दैय्या! कहीं अकेली लड़की देख तुम्हारी नीयत फिसल गयी तो?”

“फिसल चुकी है, तभी तो बुला रहा हूँ।”

“हटो गंदे! मैं नहीं आती।”

“हाहाहा! मैं इंतज़ार करूँगा कल सुबह, रखता हूँ।” यूँ तो लाली कमली से दूरी पर थी पर उसके चेहरे की मुस्कान और आँखों की चमक बता रही थी कि पिया-मिलन का वक़्त आ गया है।

“बड़ी खुस हो रही है!”

“बात ही ऐसी है।”

“मुझे भी बता न।”

“ऊँ हूँ! बना मना करियो है।”

"थाने म्हारी सौगंध।" और खिलखिलाती लाली ने कमली के कान से होंठ सटाकर प्यार का राज़ बयान कर दिया; नहीं करना था। लाली का दिल साफ़ था, दिल तो कमली का भी साफ़ था पर अब बदल चुका था।

* * *

अलसुबह का समय था। हिम्मत दौड़ता हुआ शहर की सीमा से बाहर निकल जंगल की सीमा में प्रविष्ट होने ही वाला था कि अचानक एक जीप पीछे से आयी और उसके आगे आकर लग गयी। उसमें सवार था हर्ष और उसके चेले। हिम्मत सतर्क हो गया।

"जय माता दी बना!"

"जय माता दी! यूँ रास्ता रोकने का मतलब?"

"अरे हमारी क्या मजाल जो हिम्मत बना के रास्ते में आयें! पर आपके चाचा महेंद्र सिंह को बहुत शौक़ है रास्ते का काँटा बनने का।"

"उनसे हमारा कोई सम्बन्ध नहीं है! वो जो करते हैं उसके ज़िम्मेवार हम नहीं हैं।"

"बना! सम्बन्ध तो ख़ून का है, पर ख़ैर जाने दीजिये।"

"क्या बोले जा रहे हो हर्ष?" हिम्मत की आवाज़ नरमी खोती जा रही थी।

"सुना है आपकी माता जी ने शक्ति सिंह को हवेली बेच दी? भई! पाँच करोड़ तो मेरे भाईसाहब ही दे देते, कौन-सी बड़ी बात थी पर उसे बेच आपने महेंद्र को चुनाव लड़ने का फ़ण्ड उपलब्ध करवा दिया।" अब हिम्मत का सिर घूमने लगा, उसे अब महेंद्र का सारा खेल समझ में आने लगा।

"पाँच करोड़! हमारी हवेली के?"

"हाँ! कम लग रहे हैं? इतना तो बनता ही है। आख़िर इतनी बड़ी ज़मीन पर बनी है, पाँच चौक की हवेली है। पूरे राजस्थान में इसके टक्कर की दूसरी हवेली नहीं सिवाय जैसलमेर के पटवों की हवेली के।"

"पर माँ सा ने तो दो क..." हिम्मत अपना वाक्य पूरा न कर सका,

उसकी टाँगें काँपकर रह गयीं।

"ख़ैर! मैं तो आपको यही बताने आया था कि ज़रा अपने चाचा से बचकर रहना, अभी चुनावी माहौल है कुछ भी ऊँच-नीच हो सकती है। यदि कोई मदद की ज़रूरत हो तो बेझिझक फ़ोन कर देना। अभी हो सके तो मेरे बड़े भाईसाहब के पक्ष में वोट डलवाने में मदद करना।"

"मैं कैसे मदद कर सकता हूँ भला?"

"देखो बना! आपके परिवार का बहुत बड़ा उपकार ये लुहार टोलेवाले अपने ऊपर मानते हैं। इनके भी कोई तीस-बत्तीस परिवार शहर के बाहर बसे हुए हैं, सबके वोटर कार्ड, आधार कार्ड बन चुके हैं, न..न करते हुए भी कोई साठ-सत्तर के क़रीब वोट हैं। अगर आप हमारे पक्ष में उनको वोट डालने को कहेंगे तो वो आपकी बात कभी नहीं टालेंगे।"

"हम्म! मैं सोचूँगा इस बारे में! और चाचा सा से क्यों बच कर रहूँ?"

"वो आपने उनका जमा-जमाया राजनीतिक समीकरण जो बिगाड़ दिया। कैसे बिगाड़ा ये तो मैं समझाने की ज़रूरत नहीं समझता, इतने तो आप भी समझदार हैं। अभी भाई-साहब को जितवाने में मदद कीजिये, बाद में हम भी आप ही के काम आयेंगे घणी खम्मा।" एक कुशल राजनीतिज्ञ की तरह सुबह की ठण्ड में ठन्डे दिमाग़ से हर्ष अपना पासा फेंक गया था, अब बारी हिम्मत की थी। अब उसमें लाली से मिलने का कोई उत्साह बाक़ी न रहा, वह दनदनाता हुआ उल्टा घर की तरफ़ दौड़ पड़ा।

"माँ सा!.. माँ सा!"

"क्या बात है बना, ऐसे बौखलाये हुए क्यों हैं?"

"आपको पता है अपनी हवेली जो आपने सिर्फ़ दो करोड़ में काको सा के हाथों बेच दी, वो कम से कम पाँच करोड़ की है।" ये सुनकर जैसे नीरजा के पैरों को लकवा मार गया, पर ज़िद भी उसकी थी तो रस्सी जल जाने के बाद भी बल कहाँ छोड़ पाती है।

"बना हवेली पैसों के लिए नहीं बेची थी, अब इस जगह से अपना दाना-पानी उठ गया है। जिस शहर में हमें देखकर लोग सिर झुकाते थे,

एक आवाज़ पर नंगे पाँव दौड़े-दौड़े आते थे, आज वही हमारा उपहास उड़ायें, हमारी पीठ पीछे हँसे, नहीं-नहीं! ये हम कैसे बर्दाश्त कर सकते हैं। इसलिए हमने फ़ैसला लिया है कि यहाँ से चले जाना ही ठीक रहेगा।"

"अब जब आपने सब ख़ुद ही तय कर लिया है, तो ठीक ही होगा।"

"आप कहना क्या चाहते हैं कुँवर?"

"यही कि आपने एक छोटी-सी भूल की बहुत बड़ी सज़ा दी है माँ सा!...बहुत बड़ी!"

"कुवँर! ये मत भूलिए आपके पिता जी आपको और इस हवेली को हमें सौंप कर गये थे। हमने अपना ख़ून-पसीना लगाकर दोनों को क्या इस दिन के लिए सींचा था कि हमारी ही छाती में ख़ंजर भोंक दिया जाये?"

"माँ सा! क्या किसी दूसरी जात में किसी से प्रेम हो जाना इतनी ओछी बात है कि इस तरह अपने ही बेटे को पराया बना दिया जाये?"

"कुँवर! आप अपनी माँ सा से बात करने की तमीज़ भी भूल गये हैं, ऐसा लगता है"

"मैं कुछ नहीं भूला हूँ माँ सा! बस आप बहुत बड़ी भूल करने जा रही हैं। ख़ैर! आपको हक़ है, आख़िर आप माँ सा हैं और माँ कहाँ कभी ग़लत हो सकती है। हमेशा बेटा ही ग़लत होता है!" कहकर हिम्मत बग़ैर नीरजा के जवाब का इंतज़ार किये सीढ़ियाँ चढ़ गया।

★ ★ ★

महेंद्र अपने आँगन में, अख़बार में नज़रें गड़ाकर बैठा था। उसकी नज़रें अख़बार की राजनीतिक ख़बरों में ख़ुद का नाम ढूँढ़ रही थीं। जब कहीं कुछ नहीं मिला तो गुस्से में उसने अख़बार को मरोड़ कर एक तरफ़ फेंक दिया। ठीक उसी वक़्त कालू अपने चेलों के साथ आँगन में पीछे के रास्ते से प्रविष्ट हुआ।

"हुकुम खम्माघनी!" आजकल कालू ने भी राजपूती मिज़ाज सीख लिये थे और थोड़ा साफ़ सुथरा रहना भी। हालाँकि महेंद्र उससे हमेशा सम्मानजनक दूरी बनाकर रखता था, ख़ासकर समाज के सामने, दोनों साथ

न के बराबर ही दिखते थे। महेंद्र ने कालू को कोई जवाब नहीं दिया बल्कि मुँह मोड़ कर बैठ गया।

"क्या हुआ बना सा? सवेरे-सवेरे किस पर गुस्सा हो रहे हो?"

"एक भी ख़बर नहीं है मेरी, और सिहाग की तारीफ़ों से पूरा अखबार भरा पड़ा है। अरे! मैं कहता हूँ अभी टिकट ही तो मिला है, कोई चुनाव जीत कर एम.एल.ए. बन तो नहीं गया है! साले को इस चुनाव में नाको चने न चबवा दिये तो महेंद्र सिंह मेरा नाम नहीं।"

"आप तो बस हुकुम करो कि कालू क्या करे?"

"मैं सोच रहा हूँ कि जिसने मेरा सपना तोड़ा है, उसको साबुत कैसे रहने दूँ!"

"मतलब हुकुम?" कालू की आँखें सोचने की मुद्रा में सिकुड़ीं, फिर आश्चर्य से फैल गयीं। इशारों-इशारों में दो जोड़ी कमीनी आँखों में बात हो गयीं।

★ ★ ★

ऊपर आकर हिम्मत खाट पर ढह गया, आज बना की पनीली आँखों में बेबसी का गीलापन था। एक कोहनी सिर के नीचे थी और एक ने आँखों पर पर्दा डाल रखा था। अचानक हिम्मत को कुछ याद आया, उसने अपने आपको संयत किया और उठ बैठा। टेबल पर मोबाइल था और जैसे हिम्मत को ही घूर रहा था, उसने लपक कर मोबाइल उठाया और कॉल्स चैक किये। कॉल रिकॉर्ड में सात मिस्ड कॉल्स थीं और सातों ही कमली के फ़ोन से थीं। हिम्मत ने तुरंत कमली को कॉल लगाया, रिंग गयी पर फ़ोन पर लाली नहीं कमली की आवाज़ गूँजी।

"हेलु! हाँ मैं कमली! ….लाली तो घर गयी। बड़ी परेसान थी बेचारी, कह रही थी न तो बना मिलने आये न फ़ोन आयो। कल सुबह…हो! मैं बता दूँगी। राम-राम बना जी।" प्यार कैसा होता है? उसकी तड़प का स्वाद क्या होता है? उसकी चोट और कचोट क्या होती है? ये कमली को बिना प्यार करे ही पता चल गया था। उसका दिल हूँक लेकर रह गया। एक टीस

उभरी और फाँस बनकर हिवड़े में धँस गयी। जब जली कटी कमली अपने झोंपे में लौटी, कालू चिलम बना रहा था।

"कमली! तूने अभी तक रोटी नहीं बनायी! जल्दी बना मुझे निकलना है काम से।"

"हाँ...हाँ! घर में कमली तो है ही बिनब्याही नौकरानी। जो हुकुम सरकार! अभी रोटी तैयार कर देती हूँ। ख़ाली रोटी बनाऊ या साथ में मालपुआ भी खाओगे? आया बापणी का हुकुम चलाने वाला। आज माँ होती तो मैं क्या अभी तक यहीं बैठकर चूल्हा फूँक रही होती क्या? पर मेरी किस कमीण को फिकर? कमली जिये, चाहे मरे!' कालू सकपकाकर रह गया कमली का ये रूप देखकर। ऐसा तो कभी नहीं हुआ था।

"क्या बकवास कर रही है! सवेरे-सवेरे माथा मत ख़राब कर। रोटी देती है तो दे वरना बहुत हैं कालू को खिलाने वाले।"

"हाँ जा उन्हीं के पास जा और ठूस अपने कुएँ में रोटी, कमली का हो गया दाना-पानी पूरा। एक बाप है जिसको डंगर चराने से ही फुर्सत नहीं और एक भाई है जिसको फ़र्क़ नहीं पड़ता बहन है! नहीं है! खुस है! परेसान है! जिन्दा है! मर गयी है!, बस अपनी दारू मिल जाये और पेट में भकोसने को रोटी मिल जाये तो ठीक वर्ना चार गालियाँ भी कमली खाये। वाह ऊपर वाले तूने माँ के साथ मुझे भी क्यों नहीं उठा लिया।"

"अरे! क्या हो गया है? क्यों गला फाड़ रही है, अफ़ीम चाट ली क्या?"

"नहीं जहर चाटा है, पर तुझे क्या? यहाँ बहन इसी घर में बूढ़े बाप और रांगण भाई की सेवा करती-करती मर जायेगी पर कौन पूछेगा कमली तुझे क्या चाहिए? तेरे कोई अरमान हैं, सपने है? तेरे भाई-बाप जिन्दा हैं अभी।" अब कालू को हँसी आने को हुई।

"हा हा हा, सहर जानो है? फ़िल्म देखनी हुई? नयो घाघरा लूगड़ी? तो फिर क्या चाहिए?" कालू ने झुँझलाकर पूछा।

"अपना घर चाहिए! कालू समझता है तू? अपना घर! एक औरत

का सबसे बड़ा सपना। अपनी गृहस्थी, अपना खसम, अपनी चारदीवारी। क़सम खा काली मैया की, कभी एक बार भी तेरे या बापू के दिमाग़ में आया कि कमली अब बड़ी हो रही है इसका भी घर बसना चाहिए? नहीं आया न? फिर घर में काम कौन करेगा? कौन हमारी रोटी थापेगा? चूल्हा कौन फूँकेगा? माँ नहीं है इसलिए बेसरमों की तरह मुझे ख़ुद अपने मुँह से कहनी पड़ रही है। अगले दस बरस भी न बोलूँ तो तेरे को और बापू को कोई फ़र्क़ न पड़ता। बोल साची बात है के नहीं? ” अब कालू सिर खुजाने लगा। आज पहली बार वो और कमली तर्क के मैदान में आमने-सामने थे और कालू के तुणीर में कोई तर्क नहीं था। अब कालू खिसकने को हुआ, जिसे कमली ने भाँप लिया और पहले से भी ज़्यादा आक्रामक रुख़ इख़्तियार कर लिया।

“अरे! भाग कहाँ रहा है? आज बहन की एक बात नहीं सुनी जा रही, और जो मैं सालों से झेल रही हूँ उसका कोई हिसाब है? अरे! मेरे से अच्छी तो वो बिन माँ-बाप की लाली ठहरी, एक मौसी है कहने को पर जान छिड़कती है वो उस पर। ऊपर से इतने बड़े घर का बाँका जवान प्यार करने को मिल गया, और क्या चाहिए एक औरत को!” अब कालू के पाँव ठिठक गये, अब उसके मतलब की बात हो रही थी।

“कमली! होस में बात कर, तेरे को क्या पता नहीं कि लाली को मैंने तेरी भाभी बनाने की सोच रखी है!”

“हा हा हा! तू.. हा हा... तू बनायेगा उसे मेरी भाभी? अभी क्या बोल रहा था मुझे! अफ़ीम तो नहीं चाट रखी। अरे! तूने कहीं सुबह-सुबह धतूरा तो नहीं चबा लिया?”

“क्यों, क्या कमी है तेरे भाई में?”

“ख़ूबी क्या है तेरे में?”

“भरा-पूरा मर्द हूँ! किसी को भी पटक सकता हूँ।”

“हम्म! पर लाली का हिवड़ा तो बना पर पटखनी खा चुका कालू!” बोलते ही कमली ने दाँतों तले ज़बान दबा ली। उसे लग गया कि वो ग़लत बोल गयी।

"कमली ! तू मेरी बहन नहीं है क्या ? तू नहीं चाहती कि मेरा घर बसे, मेरे बच्चे तुझे बुआ बुलायें ?"

"क्यों नहीं चाहती !" कमली की आँखों में सुखों की छाया तैर गयी।

"तो कुछ कर न !"

"मतलब ?"

"लाली से मेरा मिलन करवा न !"

"न बाबा न ! ये तो न हो सके। एक बार को आग और पानी भी मिल जाये पर तेरा और लाली का मिलान तो होने से रहा।"

"अरे ! मैं कौन-सा अपनी सादी को लेकर मरा जा रहा हूँ। मैं तो इसलिए कह रहा हूँ कि कोई मोड़ी बूढ़े बापू की देखभाल को घर आये और तुझे अगले ही दिन ही तेरे ससुराल भेजकर मैं अपणो फ़र्ज़ निभाऊँ।"

"सच ! तेरे दिल में ये बात है ?"

"मरी माई की सौगंध !"

"वैसे मुझे तुझ पर भरोसा नहीं है, पर तू कह रहा है तो मान लेती हूँ।"

"देख यहाँ टोले में तो मैं लाली से खुलकर बात कर नहीं पाता हूँ, तू उसको कहीं अकेले में ला सके तो मैं उससे दिल की कहूँ। ऐसे तो मेरी वो सुनती नहीं, मेरी और उसकी तो साँप और नेवले-सी आँख-मिचोली रही, सो तू जानती है।"

"न बाबा न, मैं न बोल सकूँ कि तू उसे मिलने को बुला रहा है। मुझे कच्चा खा जायेगी वो।" कालू ने इस बात पर मायूस-सा मुँह बना लिया। कमली ने कालू को इतना भावुक कभी देखा नहीं था, सो वो बह गयी। या यूँ कहें कि वो बहना चाहती थी उन सपनों में जो कालू ने उसे अभी-अभी दिखाये थे।

"देख कालू ! मैं जो तुझे बता रही हूँ, ये बात बाहर नहीं जानी चाहिए। खा सौगंध !"

"सौगंध है ! बोल अब।"

"देख बना की माँ न पसंद करे लाली को, अब तो दूध पहुँचाना भी बंद हो चुका है उसका हवेली में। सो अब दोनों जंगल में पोखर किनारें मिला करें हैं। कल भी मिलने की रखी है बना ने, तो तू लाली से रस्ते में मिल ले पर देख न तू उसे परेसान करना और न कोई जोर-जबरदस्ती। वो मना भी कर दे तो चुपचाप वापस आ जाना और ख़बरदार जो उसके पीछे-पीछे पोखर तक गयो तो!" कालू का दिल एक टीस लेकर धड़कने लगा, उसकी आँखों के सामने वो नंगी पीठें घूम गयीं। उसने कमली तक अपने मन का भाव नहीं पहुँचने दिया और घर से बाहर को निकल गया। कमली को उसके जाने के बाद लगा, उसे यूँ भावुक होकर सब नहीं बोलना चाहिए था। आख़िर वो लाली से चाहे जितनी डाह रखे पर आज भी उसकी सबसे अच्छी सहेली लाली ही तो है और ऐसी भी क्या जलन रखनी अपनी ही सबसे प्यारी सहेली से। कुछ सोचकर उसने लाली के झोंपे की तरफ़ क़दम बढ़ा दिये।

* * *

नीरजा का मन आज सुबह से ही आपे में नहीं था, आज उसे हिम्मत के पिता की रह-रहकर याद आ रही थी। ऐसी हूँक तो उसे कभी नहीं उठी थी, वो अपने आप से बातें करने लगी। 'हिम्मत के बापू शायद मेरा वक़्त भी क़रीब आ रहा है। आपका मन नहीं लग रहा न मेरे बिना? मेरा भी नहीं लग रहा आपके बिना! बस एक बार हिम्मत का घर बस जाये तो मैं भी देह का मोह छोड़ूँ। आपसे एक बात कहनी थी पर आप नाराज़ न होना, मैंने मजबूरी में ये हवेली देवर सा के हाथों बेच दी। वजह बताऊँगी तो आप बोलोगे हिम्मत की माँ आपने ठीक ही किया। कोई हमारी इज़्ज़त पर कीचड़ उछाले ये तो हमसे बर्दाश्त न होगा, बना से कुछ ऐसा ही हो गया। जवानी के जोश में वो छोटी जात की लड़की से चित लगा बैठे। ख़ैर! हमने तो उनकी उम्र का किया-धरा मान उनको माफ़ कर दिया पर वो हमसे बच्चों की तरह रूठे बैठे हैं। अब आप ही बताइये जहाँ चौबीस घंटे लोग हमारे परिवार को हुकम-हुकम कहते नहीं थकते थे, अब वही लोग हम पर फब्तियाँ कसें! हमें ताने मारें! समाज में हम पर पंचायत बैठायें! हमारा हुक़्क़ा-पानी बंद करें! हमसे रोटी-बेटी का सम्बन्ध न रखें! तो हम कैसे सहते? इसलिए हमने क़दम उठा लिया। लाली को बना से दूर कर दिया और उनको साफ़-साफ़ समझा दिया कि उनके लिए क्या सही है क्या ग़लत! हमने ठीक किया न

हिम्मत की लाली

हिम्मत के बापू? अगर आप भी हमें ग़लत ठहरायेंगे तो हम कहाँ जायेंगे?' जवाब तो नहीं आना था सो नहीं आया। पर इन बीते कुछ दिनों में आज जाकर नीरजा का मन कुछ हल्का हुआ। उसने अपने मन की आसमाँ को कह दी, आसमाँ ने किस को कही पता नहीं। वैसे भी प्रार्थनाओं के पते नहीं होते, वो बस होती हैं।

नीरजा का मन हुआ हिम्मत को अपने पास बुलाये। उसके सिर पर हाथ फेरे, उसे यूँ प्यार करे जैसे वो उसे तब किया करती थी, जब वो सात-आठ साल का हुआ करता था। नीरजा की आँखें छलछला आयीं, उसे हिम्मत और उसके पिता के अक्स उसकी स्मृतियों से रिसते हुए हवेली के हर कोने में दिखाई देने लगे। बीता वक़्त कई परतों में सामने तैरने लगा, नीरजा ने अपने आपको ढीला छोड़ा और एक गहरी साँस ली जैसे उन सब दृश्यों को वापस पी जाना चाहती हो। सारी आवाज़ें, सारे दृश्य, स्मृतियों के साथ धीरे-धीरे करके शांत होने लगे। अंत में सिर्फ़ हिम्मत की आवाज़ उसके कानों में गूँजने लगी, 'माँ सा! माँ सा!' उसे समझ नहीं आया ये उसने आज क्या देखा। आज से पहले तो हिम्मत ने कभी उसे इस तरह आवाज़ नहीं दी' उसने घबरा कर आँखें खोल दीं।

"हिम्मत! हिम्मत बना! ज़रा नीचे तो आइये।"

"जी आया।" ऊपर के कमरे से एक ठंडी आवाज़ आयी, जिसे सुन नीरजा की जान में जान आयी। थोड़ी देर में हिम्मत नीचे था पर मन से नहीं था, मन तो उसका अभी भी लाली के फ़ोन का इंतज़ार कर रहा था।

"कलेवा कर लीजिये, आज सुबह से आपने कुछ खाया नहीं सूरज चढ़ने को आया।" हिम्मत कुछ नहीं बोला, बस कहीं नीरजा के आर-पार तकता रहा। नीरजा को भी जैसे मौक़ा मिल गया बिना उसकी आँखों में आँखें डाले उसे निहारने का। पिछले दस-पंद्रह दिनों में ही हिम्मत का शरीर ढल-सा गया था, चेहरा बेनूर हो गया था। ये देख एक माँ के दिल को ठेस लगी पर नीरजा के अहं को क्रोध आया। एक मलेच्छ लौंडिया के लिए इतना रोना-धोना? क्या हो गया है कुँवर को? हमारे पीहर में बात पहुँची तो हमारे भाई क्या कहेंगे? दाता क्या बोलेंगे? भाभियाँ भी हमको ही बुरा बोलेंगी!

"आप बैठें, हम कुछ लाते हैं।" नीरजा ने रसोड़े की तरफ़ क़दम बढ़ा दिये और हिम्मत बे-मन से चौके पर बैठ गया। कान उसके अभी ऊपर लगे थे फ़ोन के इंतज़ार में।

"आपकी दौड़ कैसी चल रही है? अब तो कुछ ही दिन रह गये हैं भर्ती में!"

"ठीक ही चल रही है माँ सा!" एक अनमना-सा जवाब हिम्मत के होंठों से निकला और नीरजा के कानों तक गया। न जवाब अंदर से दिया गया था और न ही वो कानों से आगे मन में उतर पाया। नीरजा कोशिश कर रही थी कि कोई तो सिलसिला बने और वो माहौल को हल्का बना पाये, पर बातचीत के पुल पर वो अकेली ही थी। हिम्मत तो दूसरे छोर पर ही खड़ा था।

"हम सोच रहे थे कि एक बार आपकी भर्ती निपट जाये तो आपको लेकर पीहर चले जायें कुछ दिन।"

"हम्म!" कौर मुँह में लेता हुआ हिम्मत बोला।

"कुँवर! आप हमसे कुछ कहना चाहते हैं तो खुलकर कहिये! शायद हम आपकी बात समझ सकें या आपको अपनी समझा सकें।" हिम्मत ने इस बात पर एक बार नीरजा की आँखों में झाँका तो उसे माँ नज़र आयी। उसने कुछ समय लेकर कहना शुरू किया-

"माँ सा! दाता के जाने के बाद से आप ही हमारी सब कुछ हैं। हमारी सुबह, हमारी शाम आपसे ही शुरू होती है और आप पर ही ख़त्म होती है। अब आप और हम ही अजनबियों से रहेंगे तो हमारा अपना कहने को तो कोई रहा ही नहीं!"

"वही तो हम भी आपको समझाना चाह रहे हैं कुँवर कि हमारे लिए भी तो बस सिर्फ़ आप ही सबकुछ हैं। अगर आप ही हम से रूठ गये तो हम कहाँ जायेंगे?" ये सुनकर हिम्मत की आँखें छलछला उठीं।

"फिर इतनी कड़वाहट कैसे आ गयी हमारे बीच माँ सा?"

"ये सब उस लड़की की वजह से है कुँवर! एक बार आप अपना फ़ौज

का इम्तिहान निकाल लीजिये, हम हमेशा के लिए इस मनहूस जगह से दूर चले जायेंगे।"

"कहाँ चले जायेंगे माँ सा? शरीर को तो कहीं भी ले जाया जा सकता है, मन का क्या कीजियेगा? मन कैसे भूल जायेगा दाता की वो प्यारी मुस्कान, उनका हमें गोद में लेकर थपकी देते-देते सुलाना। बाहर जब भी जाना हमारे लिए ढेरों खिलौने लाना और उसमें भी हमारी पसंद की बन्दूक़ लेकर आना। हमारे साथ लुका-छिपी खेलकर हमारे सभी दोस्तों की कमी को पूरा कर देना। दिवाली पर हमें कँधे पर बैठा कर पूरे शहर की रोशनी दिखाकर लाना। कैसे लेकर जायेंगे माँ सा हम इन यादों को कहीं और?.... क्या आप ले कर जा पायेंगी, इस हवेली की यादें कहीं और? आपकी और दाता की यादें जो आज भी इन दीवारों की दरारों में साँसें लेती हैं! बताइये है आपमें हिम्मत इन्हें कहीं ले जाने की?" हिम्मत अपलक नीरजा को देखते हुए एक साँस में सब बोल गया।

"नहीं है बना, नहीं है। हम तो बस आपका भला देखना चाहते हैं और वही कर रहे हैं।"

"इस तरह से किस का भला हो रहा है माँ सा! क्या हो जायेगा यदि आपका बेटा अपनी पसंद से किसी को अपना लेगा? थोड़ी पीठ पीछे बातें! थोड़ी ऊँच-नीच की घुड़कियाँ! कुछ महीने-साल कोई हमसे हँसेगा-बोलेगा नहीं, पर कम से कम हम तो आपस में बोल रहे होंगे, ख़ुश होंगे। एक साथ अपनी छोटी-सी दुनिया में जो सच्ची तो है। उस दिखावे की ख़ुशी का क्या करेंगे जो ख़ुद को दुखी करने से मिलेगी और हमें हमेशा एक-दूसरे से दूर रखेगी!"

"हिम्मत अभी आप छोटे हैं! आप समझते नहीं हैं रीती-रिवाज़ और समाज की बंदिशों को।"

"हमें समझना भी नहीं है माँ सा! और हमें किसी और को समझाना भी नहीं है, बस आप हमें समझ जाइये। हम अगर लाली के न हुए तो फिर किसी के न हो सकेंगे।"

"कुँवर! ये क्या कह रहे हैं आप?"

"यही सच है माँ सा! ये हमारा लड़कपन नहीं है, एक सोचा समझा उठाया हुआ क़दम है। आप यदि इसे स्वीकार लेंगी तो हम ता-उम्र इस गर्व के साथ जियेंगे कि हमारी माँ सा में समाज को रास्ता दिखाने की हिम्मत है। वो सही मायनों में राजपूतानी है, क्षत्राणी है।"

"नहीं बना! ये नहीं हो सकता! ये कैसे हो सकता है? हमारा-उनका क्या मेल? हमसे तो सोचा भी नहीं जा रहा।"

"आप सिर्फ़ एक बार अपने दिल पर हाथ रखकर ये कहिये माँ सा, कि लाली आपको दिल की बुरी लगती है! कभी उसने आपका दिल दुखाया है? कभी बेअदबी की है? या आपको उसमें संस्कार नज़र नहीं आते?"

"हिम्मत बना अब आप बातों को घुमा रहे हैं!"

"नहीं माँ सा! हम बस आपको सिक्के का दूसरा पहलू दिखाने की कोशिश कर रहे हैं। जो शायद आप अभी अपनी नाराज़गी की वजह से नज़रअंदाज़ कर रही हैं!"

"हो सकता है कि आपका कहना सही हो कुँवर, पर फिर भी हम इस रिश्ते के ख़िलाफ़ हैं।"

"ठीक है माँ सा! मैं आप को लाली को अपनाने के लिए बाध्य न तो कर सकता हूँ और न ही आपको किसी मजबूरी में उसे अपनाने को बोल सकता हूँ, पर देखियेगा एक दिन आयेगा जब आप ख़ुद ही अपने हाथ से उसके सिर पर प्यार से हाथ फेरेंगी और उसे दिल से आशीर्वाद देंगी।"

"वो दिन कभी नहीं आयेगा कुँवर!"

"आयेगा माँ सा, ईश्वर ने चाहा तो जल्दी ही....!" हिम्मत का वाक्य पूरा होता, उससे पहले घंटी बज पड़ी और हिम्मत थाली छोड़कर ऊपर को दौड़ पड़ा और पीछे से नीरजा आवाज़ ही लगाती रह गयी।

* * *

फ़ोन पर लाली का काँपता-सा स्वर उभरा, जिसे सुनते ही हिम्मत का दिल मानों कहीं ऊपर से नीचे गिर गया।

हिम्मत की लाली

"बना ! मैं अब नहीं रह पाऊँगी आपके बिना । सुबह जो आप नहीं आये तो पागलों की तरह पोखर के चक्कर लगाती रही, पंछियों और पत्तियों को अपना दुखड़ा सुनाती रही । फिर कभी ऐसा न करना बना जी ! वरना लाली तो जीते-जी मर जायेगी ।"

"आज के लिए माफ़ कर दे लाली । अब ऐसा कभी नहीं होगा, ये मेरा वचन है । कल सुबह मिल रहा हूँ पर पता नहीं दिल कुछ अजीब-सा हो रहा है । यहाँ माँ सा समझने को राज़ी नहीं हैं और मैं उनका आशीर्वाद तुम्हें दिलवाकर घर लाना चाहता हूँ !"

"बना ! मैं इतने सम्मान के क़ाबिल नहीं ।"

"कैसी बात कर रही है लाली? तू तो सूरज की किरणों जैसी पवित्र है, तेरा मन पानी जैसा साफ़ है, जिसमें हिम्मत को अपना अक्स दिखाई देता है ।"

"हाय बना ! मुझे लाज आ रही है, भला कोई अपनी होने वाली लुगाई से ऐसी बातें भी करता है क्या?"

"हाहाहा ! फिर तो तुझे दुनिया का कुछ भी पता नहीं ! लोग तो जाने कैसी-कैसी बातें करते हैं ।"

"हाय दैय्या ! सच क्या?" लाली के मुख पर हया ने लालिमा फैला दी । लाली बातें करते-करते इतनी मगन हो गयी कि भूल गयी कि पीछे उसकी सहेली कमली खड़ी है जो हर बीतते पल के साथ उससे दूर होती जा रही है । कमली के मन में जो ईर्ष्या का नाग फ़न फुफकार चुका था, अब वो डसकर ही मानने वाला था । बैलेंस ख़त्म होते ही फ़ोन कट गया और लाली पलटी तो कमली कहीं खोयी हुई थी । लाली ने उसकी आँखों के आगे अपना हाथ हिलाकर चुटकी बजायी और उसको उसका मोबाइल थमा दिया ।

"कहाँ खो गयी? चिंता मत कर मैं मोबाइल चारज करवा दूँगी ।"

"हुँह ! क्या?" कमली ज्यों नींद से जागी ।

"अरे ! कहाँ हैं तू? इसी दुनिया में है या कहीं और?"

"अब तक तो कहीं और थी लाली, इस दुनिया में बस अभी-अभी

आयी हूँ।"

"हैं! मतलब?"

"कुछ नहीं! क्या बोले बना?"

"बोले कमली की सादी होगी तो मैं ख़ुद कन्यादान करूँगा।"

"लाली! मुझे ऐसा ओछा मजाक पसंद नहीं है। माना मेरा कोई ध्यान रखने वाला नहीं पर इतनी गयी-बीती नहीं कि कोई भी अंजान मेरे कन्यादान के सपने देखे। अभी बापू जिन्दा हैं मेरे!"

"अरे! मैं तो बस मज़ाक़ कर रही थी।"

"मजाक तो लाली, मुझे डर है कि कहीं तेरे ही साथ न हो जाये!"

"तू कहना क्या चाहती है कमली? साफ़-साफ़ बोल!"

"तो सुन! ये जो तू महलों के सुपने पाल रही हैं न, ये कभी पूरे नहीं होंगे। अरे पंछी अपनी उड़ान आसमान में ज़रूर लेता है पर इससे आसमान उसका नहीं हो जाता! उतरना उसको ज़मीन पर ही पड़ता है। अभी तू उड़ रही है लाली! ऊपर वाले की मेहरबानी है तुझ पर। अपनी उड़ान पर इतना घमंड भी मत कर बहुत जोर की गिरेगी ...बहुत जोर..की!" और आगे कमली कुछ कह न सकी और लाली को अवाक छोड़ वापस अपने झोंपे को दौड़ गयी। लाली अपनी बहन समान सहेली के मुँह से ऐसी अपशगुनी बात सुन कर खड़ी न रह सकी। किसी अनिष्ट की आशंका से उसके पैर थरथराये और वो खाट का सहारा लेकर बैठ गयी। वो दुनिया भर की बातें सुन सकती थी और सुन ही रही थी, पर अपनी सहेली के मुँह से वो कुछ ऐसा सुनेगी ये तो उसने जीवन में नहीं सोचा था।

* * *

जब बिजली गाँव में दूध देकर टोले में लौटी तो सूरज शाम की लाली से अपना मुँह लाल कर चुका था। घर में घुप्प अँधेरा था जिसे देखकर बिजली सिहर उठी, एक पल को उसे लगा जैसे इतनी बड़ी दुनिया में वो अब अकेली है और ये घर भी उसका नहीं है, वो किसी पराई अंजान जगह पर है। उसने लाली को हिम्मत करके आवाज़ दी पर जवाब नहीं मिला।

हिम्मत की लाली

बिजली का दिल डूबने लगा, वो घबरा गयी उसने दूध की बाल्टी एक ओर पटकी और 'लाली-लाली' करती पूरे घर में लाली को खोजने लगी। सब जगह देखने के बाद जैसे ही उसकी नज़र चारपाई पर पड़ी, तो वहाँ लाली उसे दीवार की टेक लगाये बैठी दिखी।

"अरे तू यहाँ है और मैं पूरे घर में आवाज़ें दिये फिर रही हूँ। देख लाली! अब मेरे से इस उम्र में इतना चक्कर नहीं लगता, और दो-पाँच दिन ले ले और फिर अपना काम तू ही सँभाल। इस बहाने थोड़ा मन भी बहल जायेगा।" ये कहकर उसने शाम का दिया जला दिया। कमरे में परछाइयाँ आकार लेने लगीं। दृष्टि जब स्थिर हो देखने लायक़ हुई तो उसने देखा लाली अयस्त-व्यस्त हाल में थी- काजल बहकर गाल पर लकीरें बन सूख चुका था। बाल ऐसे उजड़ गये थे, जैसे कभी सँवरे ही नहीं थे। कुछ ऐसा लुटा-पिटा सा हाल था कि बिजली का कलेजा जवान लाली को यूँ देखकर मुँह को आ गया।

"अरे लाली! ये क्या हाल बना रखा है बेटी? क्या हो गया? किसी ने कुछ कह दिया क्या? क्या कालू ने फिर कोई बात बोल दी? क्या हुआ.... क्या बना से कोई झगड़ा? अरी कुछ बोलेगी भी!" कहकर बिजली ने लाली के सिर पर हाथ फेरा। बस जैसे रुका हुआ सेता बह निकला, लाली बिजली की गोद में सिर रखकर जी भर रोयी। इतना रोयी कि चुप कराती बिजली के भी आँसू छलक पड़े।

"कौन है वो मनहूस ज़रा मुझे उसका नाम तो बता, जो मेरी फूल-सी बेटी का ये हाल कर गया। बता मुझे आज या वो नहीं या तेरी बिजली मौसी नहीं!"

"मौसी! क्या मैंने इतनी बड़ी चीज़ माँग ली कि हर कोई मुझे ये समझाने में लगा है कि मैं इस लायक़ नहीं! क्या किसी को चाहना इतना बड़ा गुनाह हो गया? क्या जात, प्रेम से भी बड़ी हो गयी? क्या प्रीत भी ये देखकर होती है कि कि अमुक कौन जात है- धनी है या निर्धन? बताओ न मौसी!" बिजली ने लाली को भरपूर निहारा। उसे लाली में वही जवान बिजली की झलक दिखी जो किसी समय प्रेम में ख़ुद बावली थी और किसी से भी भिड़ने का कलेजा रखती थी।

"नहीं मेरी बच्ची! सच्ची प्रीत क्या जाने ज़माने की खींची लकीरों को। उसे तो बस एक ही लकीर पर चलना होता है, जिस पर चलकर वो दूसरे छोर अपने प्रीतम से मिल जावे।"

"हैं न मौसी! कितनी समझदार है तू फिर क्यों नहीं समझते लोग? क्यों बोलते हैं मुझे बार-बार कि मैं बना के क़ाबिल नहीं! क्या मैं इतनी गयी-बीती हूँ मौसी कि बना से प्यार भी नहीं कर सकती?"

"क्यों नहीं कर सकती लाली। आज मैं बोलती हूँ तुझसे, तू और हिम्मत एक-दूजे के लिए ही बने हैं। हाँ! समाज के दायरे हैं, बेड़ियाँ हैं पर प्रेम इन सबसे पवित्र चीज होवे है। जब जीव इस कोख में पले है, तब उसको के पतो के उसकी के जात होवेगी, उसे केसो घर और माँ-बाप मिलेला। बस लाली जैसे एक छोटे टाबर री हालत होवे है, वही हालत एक प्रीत के तीर से घायल हिवड़े री होवे है। उसे के मतलब रूपये-पैसे, जात-बिरादरी से, उसे तो बस अपना प्रेम दिखे है।" ये सुन लाली को बड़ा आसरा मिला, उसने मौसी को और कसकर पकड़ लिया। बिजली ने भी अपनी सारी ममता उस पर लुटा दी। कुछ देर में दोनों सामान्य हुए तो बिजली ने लाली की ठोडी को ऊपर उठाकर अपनी आँखों के काजल से कुछ कालिख चुराकर उसके माथे की बायीं तरफ़ बालों में छुपता हुआ-सा टीका लगा दिया और उसका ललाट चूम लिया। लाली के अंतस तक मुस्कुराहट फैल गयी,उसका दिल शांत हुआ और कल होने वाली मुलाक़ात के लिए अभी से व्याकुल होने लगा।

"अरे! अब इस बुढ़िया को कुछ खिलायेगी भी या बस यूँ ही चिपटी रहेगी।"

"हाँ...हाँ! चिपटी रहूँगी जैसे बन्दरियाँ से उसका बच्चा चिपटा रहता है!" मौसी ने सुन एक प्यार भरी चपत लाली को लगायी और लाली रसोई की तरफ़ चल दी। उसके जाने के बाद मौसी गहन सोच में डूब गयी। उसे घबराहट हो रही थी, शायद अनिष्ट की आशंका के बादल उमड़-घुमड़कर और पास आते जा रहे थे।

* * *

"ठकुराइन घर में हो क्या?" आज दुकान वाले काका ख़ुद चलकर हवेली आ गये थे।

"अरे बिशन काका आप? आज इतने बरस बाद हवेली की याद आ ही आ गयी आपको! तब आते थे जब हिम्मत के पिता जी थे, उनके जाने के बाद तो जैसे आप हमको भूल ही गये।"

"अरे नहीं-नहीं ठकुराइन सा! ऐसा न कहिये। दरअस्ल भाई साहब थे तो एक व्यवहार बना रहता था और हवेली में आने की वजह भी थी। उनके साथ वजह भी चली गयी।"

"तो क्या हम आपके अपने नहीं बिशन काका?"

"नहीं सा! मेरा वो मतलब बिल्कुल नहीं था। और बना कहाँ हैं, दिखाई नहीं दे रहे। इन दिनों दुकान पर भी काफ़ी लम्बे समय से नहीं आये तो मैंने सोचा मैं ही खोज-ख़बर ले लूँ। और सब कुशल मंगल है?"

"हाँ! सब ठीक है काका।" नीरजा एक ठंडी साँस लेकर बोली।

"ख़ैर! आप सुनाइये कैसे याद आयी? अब इतने साल में इधर का मुँह किया है तो ज़रूर कोई बात तो रही होगी!"

"है..है..है! खूब भाँपा आपने। मैं तो आपको न्यौता देने आया था, मेरी बिटिया राधा की शादी पर सवामणी का प्रसाद रखा है।"

"पर काका राधा तो..."

"विधवा थी! यहीं न ठकुराइन? पर अब उसने अपनी पसंद का लड़का ढूँढ़ लिया है। बहुत धक्के खाये बेचारी ने पति के मरने के बाद, ससुराल वालों ने निकाला, फिर मेरे पास रही, सबके ताने सुने पर पढ़ती रही। अपनी मेहनत के बूते बी.एड. किया फिर एग्ज़ाम देकर सरकारी टीचर बनी। अभी बाँसवाड़ा पोस्टिंग है, वहीं एक हम-उम्र टीचर से मन मिल गया। दोनों ने मुझसे आशीर्वाद माँग लिया। मुझ बूढ़े को ऐसा सुख का दिन भी देखने को मिलेगा, मैंने तो कभी ऐसा सोचा भी नहीं था।"

"लड़का भी क्या विधुर है?"

"अरे! क्यों भला? क्या विधवा को अपनाने के लिए विधुर होना ज़रुरी है? ये कहाँ लिखा है? अच्छा ख़ासा पहाड़ी ब्राह्मण परिवार है। घर में उसके और कोई भाई-बहिन भी नहीं है, तो दोनों जहाँ रहेंगे सुखी रहेंगे।"

"पर काका आप तो बिश्नोई हैं!"

"उससे क्या फ़र्क़ पड़ता है ठकुराइन? बेटी का घर बस रहा है, इससे बड़ा सुख मुझ बूढ़े के लिए क्या है! जब वो विधवा हुई तो कौन आया उसका दुःख बाँटने, बल्कि ताने ही मिले अपने ही जानकारों से और नातेदारों से।"

"पर काका जात-बिरादरी भी तो कोई चीज़ हुई!"

"हाँ! बिल्कुल हुई, पर ऐसा कुछ करके मुझे नहीं लगता कि हम बाप-बेटी ने जात-बिरादरी के सम्मान को ठेस लगायी है। ज़रा सोचो ठकुराइन, बल्कि इससे कितने बुझे हुए घरों में उम्मीद की रोशनी जल उठेगी। अब एक मेरी बेटी ही तो विधवा नहीं, बल्कि अपने आस-पास बीस-पच्चीस कोस में कम से कम तीस-बत्तीस औरतें होंगी और उनमें से कम से कम आठ-दस फिर घर बसाने लायक़ उम्र में भी होंगी। पर कभी किसी ने ऐसा उदहारण सामने रखा नहीं इसलिए किसी की हिम्मत हुई नहीं।"

"पता नहीं काका, पर मेरे गले बात कम ही उतरती है।"

"वो ठीक है ठकुराइन सा! पर अब ज़माना बदल रहा है। अब अगर 2001 में भी हम 1901 की बातें करें और वैसी ही कुरीतियों को बढ़ावा दें तो फिर किस बात की पढ़ाई-लिखाई! अब बुरा मत मानना पर मान लो यदि हिम्मत बना कुछ ऐसा-वैसा क़दम उठा लें, तो क्या आप उनकी ख़ुशी में शरीक नहीं होंगी? क्या एक माँ का दिल नहीं करेगा कि एक बार समाज की परवाह करे बिना बेटे-बहू को गले से लगा ले?"

"ये सब आपको हमसे क्या कुँवर ने कहने को कहा है?" नीरजा के लहजे में यकायक तल्ख़ी आ गयी।

"हैं! हिम्मत बना क्यों कहने लगे ऐसा कुछ? मैंने बताया तो था बहुत दिनों से दुकान पर आये ही नहीं! ख़ैर, अब मैं चलता हूँ। बूढ़ा और असमर्थ हूँ गिनती के लोगों को न्योता दे रहा हूँ और पहले आप के ही घर आया।

याद से इस पूर्णमासी के दिन ज़रूर पधारियेगा, अच्छा खम्माघणी।"

"घणीखम्मा।" काका को विदाकर नीरजा गहन सोच में डूब गयी। उसे यक़ीन नहीं हुआ, उसने अभी-अभी क्या सुना। क्या वाक़ई ज़माना बदल गया है? या लोगों की सोच बदल गयी है? क्या सही में हिम्मत के पिता के जाने के बाद उसे कुछ ख़बर ही नहीं कि बाहर की दुनिया में क्या हो रहा है? तो क्या हिम्मत बना ठीक कर रहे हैं? अरे! ऐसा कैसे हो सकता है! माना ज़माना बदल रहा है पर किसी को तो डटकर खड़े रहना होगा अपनी परम्परा और अपने वंश को शुद्ध रखने के लिए। वरना क्या पता लगेगा आज से सौ-पचास साल बाद के हम कौन थे? किसके वंशज थे? हमारे बाप-दादा कौन थे? उफ्फ़! हमसे तो ऐसा कुछ सोचा भी नहीं जा रहा। नीरजा ने अपना सिर कुछ यूँ झटकाया जैसे उससे सारे विचार जो दिमाग़ में चल रहे हैं वो झटक जायेंगे; पर विचार का बीज तो पड़ चुका था।

✳ ✳ ✳

हिम्मत के हाथ में फ़ौज की दौड़ का इश्तिहार था, दौड़ बस अगले हफ़्ते से शुरू थी। कुल दो दिनों तक चलनी थी, पर हिम्मत को अब दौड़ जीतने की चिंता नहीं थी। उसे चिंता थी ज़िन्दगी की दौड़ हार जाने की। क्या होगा अगर माँ सा न मानी तो? क्या वो लाली को लेकर भाग जाये? या फिर दोनों किसी किसी मंदिर में गुपचुप ब्याह कर लें? या थार के रेगिस्तान में कहीं उनके शरीर दफ़्न हो जायें? और उनकी आत्मा हमेशा-हमेशा के लिए एक-दूजे में समा जाये! यही सब सोच-सोचकर वो रात को और गहरा करता जा रहा था। उसके दिल के एक कोने में कल सुबह लाली से होने वाली भेंट को लेकर उत्तेजना भी थी पर दूजी ओर माँ सा की इस रिश्ते को लेकर तीख़ी आपत्ति से उसका दिल उदास भी था और कुछ हद तक ग्लानि से भी भरा था। आज उसका मन पिता के न होने की कमी को शिद्दत से महसूस कर रहा था। इतने में फ़ोन की घंटी बजी, इस वक़्त तो कभी लाली का फ़ोन नहीं आता था पर हिम्मत ने फ़ोन उठा लिया और जैसा कि अंदेशा था फ़ोन पर लाली थी भी नहीं।

"कैसे हैं बना! घणीखम्मा"

"अरे कमली तू! इतनी रात गये कैसे फ़ोन किया? सब ठीक तो हैं न लाली के साथ।"

"जिसको आप जैसा प्रेम करने वाला मिल जाये उसको कुछ हो सके है बना! वो बिल्कुल अच्छे से है। मुझे तो आपसे कुछ अपनी ही बात करनी थी सो फून कर लियो। माँ सा आसपास तो नहीं है न?"

"नहीं! बोल।"

"वो हिम्मत बना! मैं तो बस आपको ये समझाना...मेरा मतलब है कि कहना चाह रही थी कि कहाँ आप और कहाँ हम लोग। मतलब आपको तो किसी बात की कमी नहीं फिर आप इतना ख़तरा क्यों मोल लेना चाहते हैं!"

"अपने मन का करने की कोई तो क़ीमत देनी हुई न कमली! और किसने कहा कि लाली और तुम लोग किसी से कमतर हो? मुझे तो कोई फ़र्क़ नहीं दिखता।"

"ये तो आपकी महानता है बना! पर फिर भी मुझे लगता है कि दिलों का मेल भी बराबर वालों में अच्छे से हो सकता है।"

"क्या बात है कमली, साफ़-साफ़ कह क्या कहना चाहती है?"

"तो सुनिए हुकुम! लाली को मेरा भाई कालू पसंद करता है और उसे अपनी जोरू बनाना चाहता है, और जहाँ तक मुझे समझ है मेरी नज़र में यही सही और ज़मीनी हक़ीक़त है। आप तो एक ख़्वाब हैं, किसी बच्चे के दिल का जिसको सब पाने का अरमान है पर जेब में कोड़ी नहीं।"

"पर उस बच्चे के पास देने को दिल तो है न कमली? और जेब में दमड़ी होने न होने से आदमी के ख़्वाबों का क्या सरोकार? रही बात तेरे भाई कालू की, तो ये तो दाल में कंकड़ वाली बात हो गयी इस वक़्त पर। अगर लाली को तेरा भाई पसंद होता तो मैं ख़ुद ख़ुशी-ख़ुशी रास्ते से हट जाता पर ऐसी बात है नहीं! इसलिए ऐसा तो हो नहीं पायेगा। पर मुझे अचरज है कि आज यकायक तुझे ऐसी बात करने की हिम्मत कहाँ से आई!"

"अब बना! हिम्मत सिर्फ़ राजपूतों की जागीर हो ऐसा तो नहीं है न! ठीक है आपका मन आ गया हमारी लाली पर, ये एक बात है पर वो

आपको मिल जायेगी ये दूसरी बात है। इनका आपस में मेल है या नहीं ये तो वक़्त ही बतायेगा। वैसे मेरी आपको एक सलाह है, हो सके तो कल लाली से मिलने का इरादा आप टाल दे तो अच्छा रहेगा!"

"वो क्यों भला?"

"कालू को पता लग गया है आपके और लाली के रिश्ते के बारे में और वो इस बात से ख़ुश नहीं है। कल, और आगे भी मिलने में जोख़िम है।"

"तू आज बोल किसकी तरफ़ से रही है, ये बात समझने में मुझे थोड़ा समय लग गया कमली! पर मुझे इस बात की ख़ुशी है कि तू किसी के साथ तो खड़ी है। ठीक है तू अपने भाई का साथ दे मुझे तो हर हाल में लाली का ही साथ देना है।"

"ठीक है बना! जैसा आप ठीक समझें, फिर न कहना मैंने आगाह नहीं किया खम्माघणी।"

"तूने आगाह नहीं किया कमली! तूने इस रिश्ते को समझ इसके अंजाम तक पहुँचा दिया। शाम से मन में उधेड़बुन चल रही थी कि क्या सिर्फ़ मेरी माँ सा है जिनका मुझे सामना करना है? पर अभी तेरे फ़ोन ने मेरा इरादा और पक्का कर दिया कि अपने और लाली के अलावा हमें सब से लड़ना पड़ेगा और हम लड़ेंगे कमली, मैं और लाली लड़ेंगे। तुमसे, कालू से, माँ सा से, काको सा से और हर उस आदमी से जो हमे जुदा करने की नीयत से हमारी ओर बढ़ेगा। अब प्रयत्न नहीं होगा कमली, अब सिर्फ़ रण होगा घणीखम्मा।" फ़ोन रखने के बाद हिम्मत की आँखों में चमक आ गयी थी और दाहिना हाथ ख़ुद-ब-ख़ुद मूँछों को ताव देने लगा।

✳ ✳ ✳

इधर लाली की बेचैन आँखों में नींद नहीं थी, वो शीशे के सामने खड़ी होकर ख़ुद को हर तरफ़ से निहार रही थी। अब तक तो जो मुलाक़ातें थीं वो संयोग से हुई मुलाक़ातें थीं, पर कल दो प्रेमियों के दिलों की पुकार का मिलन था और लाली कहीं से कमतर नहीं दिखना चाहती थी। उसको यूँ तैयार होता देख बिजली का दिल कभी ख़ुश होता कभी उसकी आँखें भर आतीं। आख़िरकार जब बिजली से रहा नहीं गया तो वो अंदर अपने कमरे

में गयी और अपने छोटे से पूजाघर में सिर पटक कर दंडवत हो गयी। कुछ देर में बिजली उठी उसने अपनी अलमारी खोली और चाँदी के कुछ ज़ेवर अपने कपड़ों की तहों के भीतर से निकाले। लाली अपने यौवन को शीशे में निहारकर ख़ुद पर ख़ुद ही वारी जा रही थी। पीछे कुछ आवाज़ हुई तो एक क्षण को उसका दिल मुँह को आ गया, उसे लगा ज्यों बना आ गये। तभी शीशे में मौसी दिखी, लाली लजा गयी।

"अच्छा छोरी, तू लजाना भी जाणे है? मने तो आज ही पतो लाग्यो, ले यो पकड़!"

"यो काई मौसी।"

"तेरो दहेज, बापणी की!" कहकर मौसी ने लाली के दोनों गाल प्यार से खींच लिये और सिर को चूम लिया। ख़ूबसूरत परम्परागत गहने देखकर लाली चिहुँक उठी। उसने तुरंत उन्हें पहन लिया और अपनी सुंदरता में कितनी बढ़ोत्तरी हुई ये देखने के लिए आँखें फिर शीशे में घुसा दीं। बिजली सोने चल दी, लाली के कमरे की दीवार लालटेन की रोशनी में लाली की तरह-तरह की आकृतियाँ अपने ऊपर उकेरती रही और कुछ देर में लालटेन का तेल चुकने के बाद रात की काली छाया ने सबको अपनी आग़ोश में ले लिया। इधर तो आग बुझी थी पर उधर कमली के झोंपे में कालू और कमली अलाव के सामने बैठे थे। लकड़ियों की जलने के समय चटकने की आवाज़ ही एकमात्र संवाद थी दोनों के बीच। अंततः कमली बोली-

"मैंने बहुत समझाने की कोशिश की थी बना को पर...." कालू ने कमली को और आगे बोलने से मना कर दिया।

"बस कमली! मेरी बहन तू जो कर सकती थी तूने कर दिया, अब तेरे भाई की बारी है।"

"पर कालू कोई जंगलराज थोड़े ही है, तुझे कुछ हो गया तो? कहीं सही में कोई जान-माल की हानि हो गयी तो?" ये कहकर कमली ने कालू के मन की थाह लेनी चाही थी।

"हो गयी तो हो गयी।" कहकर कालू ने रीढ़ की हड्डी में झुरझुरी पैदा करने वाला क़हक़हा लगाया। कमली समझ गयी, अब और कुछ कहना

बेकार है, बात उसके हाथ से बाहर निकल चुकी है।

* * *

हवेली में नीरजा हिम्मत के कमरे के बाहर चहलक़दमी कर रही थी और पल्लू को बार-बार उँगली से मरोड़ रही थी। वो बहुत हिम्मत जुटाने की कोशिश कर रही थी कि एक बार हिम्मत से बात करके दिल हल्का कर ले, पर न उसकी हिम्मत दरवाज़े पर दस्तक देने की हो रही थी न उसका अहं उसे ये करने दे रहा था। अचानक हिम्मत ने ही किवाड़ खोल दिया। उसके हाथ में पानी का ख़ाली जग था, उसने माँ सा को देखा तो सकपका गया।

"क्या हुआ माँ सा! कुछ बात है? हमें आवाज़ दे दी होती।"

"जब बेटा माँ की आवाज़ सुने पर उसे समझना बंद कर दे तो माँ के लिए चलकर आना ज़रूरी हो जाता है।" इस पर हिम्मत ने कुछ न कहते हुए सिर झुका लिया। नीरजा के कलेजे में ऐसी तीव्र हूक उठी कि उसी वक़्त दौड़कर हिम्मत को गले से लगा ले पर अहं फिर आड़े आ गया। हिम्मत ने नीरजा को अंदर आने के लिए रास्ता दिया और ख़ुद दीवार की टेक लगाकर खड़ा हो गया। नीरजा अंदर कभी कमरे की ख़ाली दीवारों को देखती कभी हिम्मत को। काफ़ी देर तक दोनों से कुछ बोलते न बन पड़ा तो नीरजा ने ही चुप्पी तोड़ी-

"आपको याद है कुँवर! दाता कभी आपको कुछ भी नया करने से रोकते नहीं थे। उन्हें आप पर विश्वास था कि आप उस नयी चीज़ को अच्छे से निबाह जायेंगे। जबकि मैं हमेशा उन्हें ऐसा करने से रोकती थी, डरती थी कि कहीं आप ख़ुद को चोट न लगा बैठें।" ये सुन हिम्मत की आँखेंउठीं और नीरजा की आँखों से क्षण भर को मिलीं और फिर झुक गयीं।

"आज भी वही स्थिति है कुँवर। आप जो करना चाह रहे हैं वो हमारे लिए नया है। समाज के लिए नया न भी हो तो प्रचलन में भी नहीं है। बस हमें हमारा वही डर खाये जा रहा है कि कहीं आप ख़ुद को चोट न लगवा बैठें। इसीलिए एक माँ का दिल गवाही नहीं दे रहा कि आपको मनमर्ज़ी करने दे।"

"हाँ माँ सा! हम समझते हैं और हमने भी कुछ सोचा है। हम कोई भी ऐसा काम नहीं करेंगे जिसमें आपकी रज़ा न हो। हम और लाली आपकी 'हाँ' का इंतज़ार करेंगे।"

"कुँवर! ये क्या कह रहे हैं आप?"

"हाँ माँ सा! यदि आपको खोकर लाली को पाया तो क्या पाया? और यदि लाली को खो दिया तो ख़ुद को खो देंगे। इसलिए बस इंतज़ार की लौ थामे रहेंगे।"

"कुँवर! हमारी ऐसी कठिन परीक्षा मत लीजिये। ये तो अंगारों पर चलने से ज़्यादा पीड़ादायी बात हो गयी।"

"माँ सा! हम आप पर कोई दबाव नहीं बना रहे, जब आपका मन करे आप फ़ैसला सुना दीजियेगा। पर इस दो लोगों के घर में यूँ मनहूसियत छायी रहे और अबोला बना रहे, ये तो दाता को कितना कष्ट देता होगा। बस इसलिए बहुत हुआ, आज के बाद हम आपसे आगे बढ़-कर लाली को लेकर कुछ नहीं बोलेंगे। आपको जितना समय लेना है लीजिये, पर हमारा फ़ैसला और लाली को दिया वचन नहीं डिगेगा।"

"शाबाश कुँवर! हमारी नाराज़गी और इस रिश्ते को लेकर नापसंदगी एक बात है, पर हमें ख़ुशी है कि आपमें अपनी बात पर टिकने का माद्दा है। हम सोचेंगे, फिर जैसा जमवाय माँ की इच्छा।"

"जी माँ सा! आप बहुत अच्छी हैं।" कहकर हिम्मत ने नीरजा के पाँव छू लिये, नीरजा ने भी तुरंत हिम्मत को गले से लगा लिया। इतने दिनों का तनाव, सिसकियों और आँसुओं में बह गया।

* * *

अलसुबह कोई हवेली से मिली पोशाक और अपनी मौसी के दिये गहने पहने इतरा रहा था। पास के ही झोंपे में कोई अपनी कटार चमका रहा था। इतराने वाली की सहेली रात भर से सोयी नहीं थी। उसका सिर दर्द के मारे फटे जा रहा था, उसके अंदर एक द्वन्द चल रहा था और दिल कह रहा था कि आज किसी तरह लाली, हिम्मत या कालू को रोक ले। उसकी दायीं

आँख फड़क रही थी और साँस धोकनी की तरह चल रही थी। इधर सुबह ने काली चादर से बाहर मुँह निकालना बस शुरू ही किया था और सूरज के उजास ने अभी धरा का शृंगार नहीं किया था। बस उसी समय लाली के पाँव ने झोंपे के बाहर क़दम बढ़ाया, तभी एक टोक लगी उसे।

"बेसब्री! रुक तो जा।"

"क्या मौसी, सुबह-सुबह टोक दियो।"

"अरे! देख तो लूँ, कैसी दिख रही है पोशाक में मेरी लाडली।"

"वापस आ जाती तब देख लेती पर टोकती तो न!"

"अब इस उम्र का क्या भरोसा राम जी कब बुला ले, इसलिए सोचा तेरी बलाइयाँ ले लूँ। इधर आ मेरे पास। हाय! कित्ती सुन्दर लग रही है महारी बिटिया। थू थू ..कहीं महारी ही नजर कोणी लग जावे। बना जी तो गये आज लुहारण का रूप क़ातिल कटार है।" कहकर बिजली ने काला टीका लाली के माथे पर लगा दिया। खिलखिलाती, लजाती और अपनी पोशाक को सँभालती हौले-हौले ज़माने की नज़रों से बचती-बचाती लाली बढ़ चली पोखर को अपने प्रीतम के पास।

ज़माने भर की नज़रों से तो बचा जा सकता है पर जो आपको टूटकर चाहे उसकी नज़रों से कैसे बचें? फिर चाहे वो चाहत एक-तरफ़ा ही क्यों न हो! एक जोड़ी जुनूनी रात को किये नशे से सराबोर लाल आँखें, लाली के पीछे लगी थीं और लाली अपनी मौज में टोले की परिधि से बाहर जाती जा रही थी। कमली ने इसे रोज़ की तरह एक और साधारण दिन मान घर के काम करना शुरू किया पर उसका मन नहीं लग रहा था, उसका दिल उसे कचोट रहा था और उसके ज़मीर पर चोट कर रहा था। अंदर का बेबस जीव चीख़-चीख़कर कह रहा था कि वो ग़लत कर रही है। जिसकी आवाज़ कमली कभी बर्तन को ज़ोर से पटक कर दबाती। कभी झाड़ू पर इतना दबाव डालती कि उसकी तीलियाँ उखड़ने लगतीं। तब भी जब चैन नहीं पड़ा तो वो अपने बापू के लिए रोटी थापने बैठ गयी और चूल्हे से उठते धूएँ के बहाने अपने आँसू उसी की आड़ में बहाने लगी। जब सबकुछ करके भी उसका जी उसके क़ाबू में नहीं आया तो वो लाली-लाली चिल्लाती उसके

झोंपे की ओर भागी। बस इतनी-सी दूरी में उसकी उन दोनों की बचपन से लेकर अब तक की दोस्ती आँखों के सामने घूम गयी। बिजली जानवरों को चारा डाल रही थी, जब हाँफती हुई कमली ने प्रवेश किया। उसे यूँ बदहवास देखकर बिजली सारा काम छोड़ उसकी तरफ़ लपकी।

"क्या हुआ कमली ऐसी हकबकी कैसे? तेरो बापू तो ठीक है न?"

"लाली कठे है मौसी?"

"गयी है बाहर किसी काम से, तू अपनी बोल?" बिजली ने तुनक कर जवाब दिया वो अभी पिछली घटना भूली नहीं थी।

"उसे रोक लो मौसी! बस आज उसको रोक लो वर्ना अनर्थ हो जायेगा।"

"साफ़-साफ़ बोल लड़की!" और मौसी के सामने कमली ने रोते-रोते सारी कहानी संक्षेप में बयाँ कर दी।

"हरामज़ादी! और तू अपने को उसकी सहेली कहवे है? अरे! डायन भी कोई घर छोड़ देवे है।"

"माफ़ कर दयो मौसी! मैं कालू री बाताँ में आ गयी और अपने घर बसने के लालच में अँधी हो गयी। मौसी देर न करो लाली को रोको।"

"अरे! कइयाँ रोकूँ, यो तेरे पास है न टेलीफून उससे बना को फून लगा। सब बता और लाली को वापस टोले में सकुसल लाने को बोल। आज रात ही टोले की पंचायत बैठाकर कालू का खेल ख़त्म करूँगी, पर पहली बेटी की रक्षा जरूरी है।"

"हाँ मौसी!" कमली ने तुरंत हिम्मत को फ़ोन लगाया। दस-ग्यारह कॉल करने के बाद भी फ़ोन नहीं उठा तो कमली और मौसी के चेहरे पर चिंता की लकीरें बढ़ गयीं।

"अब क्या करें मौसी? लगता है उधर से बना भी रवाना हो गये।"

"एक आख़िरी बार और लगा, नहीं उठा तो हवेली चलेंगे।" मौसी की बात पर कमली ने एक आख़िरी कोशिश की और इत्तेफ़ाक़ से इस बार

फ़ोन पर नीरजा थी।

"हेलु ! खम्माघणी सा ! भगवान को लाख-लाख शुक्र थे फ़ोन उठायो।"

"कौन बोले है?"

"बाई सा मैं कमली ! लाली की सहेली।" नीरजा को सुनकर अच्छा तो नहीं लगा पर बार-बार फ़ोन की घंटी सुनकर अपने पूजा-पाठ में ख़लल से परेशान होकर वो हिम्मत को आवाज़ लगाती हुई ऊपर आयी ही थी कि फ़ोन उसके सामने ही बज पड़ा। जो उसने हिम्मत को आस-पास न देख, उठा लिया और दूसरी तरफ़ से कमली का नाम सुनकर तो नीरजा का मन अनिष्ट की आशंका से आशंकित हो उठा।

"बाई सा ! बना जी हैं? एक बार बात करा दयो।"

"कुँवर तो हवेली में नहीं हैं और होते तो भी हम बात नहीं कराते। तुम्हारी हिम्मत कैसे हुई बना को इतनी सुबह-सुबह फ़ोन करने की?"

"बाई सा ! आप डाँट लेना, सौ जूती मार लेना पर इस बख्त मेरी सुन लो।" और कमली ने कम शब्दों में नीरजा के कानों में उबलता सीसा उतार दिया।

"उस बदज़ात की इतनी हिम्मत जो हमारे कुँवर को नुक़सान पहुँचाने की सोचे। हम अभी कुछ करते हैं, तुम अपनी लाली को पोखर तक पहुँचने से रोको।"

"जी बाई सा !" नीरजा का जवाब सुनकर हताश कमली ने मौसी को देखा। उनको समझ आ गया कि ग़रीब और कमज़ोर का इस दुनिया में कोई नहीं है और उन्हें ही अपनी लाली को बचाना पड़ेगा।

"मौसी दौड़ ! हमें ही पोखर तक जाना पड़ेगा। बाई सा ! को सिर्फ़ अपने बेटे की फ़िक्र है।" और अगले ही क्षण दोनो औरतों ने पोखर की तरफ़ दौड़ लगा दी। खेतों और सुनसान से सुबह-सुबह निबटकर आते लोग-लुगाइयों ने पूरे दम से दौड़ती कमली और उसके पीछे गिरती-पड़ती बिजली को दौड़ते देखा। बिजली ने चिल्लाकर लोगों से बस इतनी विनती की।

"मुखिया को बोलो लाली को ख़तरा है, पोखर पर मर्दों को भेजो।"

गाँव, क़स्बे और देहात में बस इतना बोलना काफ़ी होता है और भीड़ जुट जाती है। वहाँ लठ पहले पड़ता है और पूछा बाद में जाता है कि ग़लती किसकी थी। पहले जात-बिरादरी, रिश्तेदारी, गाँव की साख और पुलिस, मुक़दमेबाज़ी की बातें बाद में। मुखिया तक सन्देश पहुँच गया था, सो गाँव में भी बचाव की कार्यवाही शुरू हो गयी और जवान मर्द लट्ठ लेकर जुटने लगे।

* * *

जैसे-जैसे पोखर क़रीब आता जा रहा था, लाली की धड़कनें तेज़ होती जा रही थीं और क़दम लड़खड़ाना शुरू हो गये थे। आज वो कितने दिनों बाद बना से मिल रही थी। अब एक-आध कोस का फ़ासला ही रह गया था और पोखर के पक्षियों का कलरव उसके कानों में पड़ना शुरू हो गया था। इस वक़्त रास्ता धुँधला था पर लाली की आँखों में पोखर साफ़ था। शायद यही प्यार की ताक़त है: जहाँ दिलबर हो नज़र वहाँ से हटती नहीं। अगर लाली की आँखें थोड़ा पगडण्डी को भी देख पातीं तो शायद वो देख लेती टायरों के निशान जो ताज़े ही पड़े थे। बस पोखर आने में एक टीले को पार करने की ही बाधा बची थी, उसके बाद पोखर की ढलान शुरू हो जाती थी। पर उस टीले से पहले एक बाधा और थी और वो बाधा थी 'कालू'। जो टीले की आख़िरी हद पर झाड़ियों में आधा छिपा-सा और आधा प्रकट-सा बस लाली का ही इंतज़ार कर रहा था, और आज वो अकेला नहीं था। लड़कों से भरी बिना नंबर की जीप जो अब तक चुनाव प्रचार में काम आ रही थी, आज कालू के एक-तरफ़ा जुनून के प्रचार में लगी थी। खुली जीप इस तरह खड़ी की गयी थी कि बस उसे कालू ही देख सकता था और उसके इशारे भर की देर थी उस तक पहुँचने में। लाली ने अचानक झाड़ी में सरसराहट सुनी तो उसका ध्यान कालू की पगड़ी पर गया, जो झाड़ी से बाहर दिख रही थी। लाली ठिठक कर रुक गयी और उसका हाथ अपनी कटार तक पहुँच गया। खेल अब खुल ही चुका था सो कालू भी ढीठ-सा बन बाहर आ गया और लाली की तरफ़ बढ़ने लगा। कोई और मौक़ा होता तो लाली शायद पीछे भी हट जाती, पर बना के इतने क़रीब होकर वो पीछे पलट जाती ये तो होने से रहा। उसने कटार निकाल ली, जिस पर कालू ने अपनी जंघा पर ताल ठोकी। आज वो अलग ही तरंग में था।

हिम्मत की लाली

इधर लाली और कालू एक-दूसरे से भिड़ने की फ़िराक़ में थे और उधर हिम्मत पर लाली का इंतज़ार भारी पड़ रहा था। वो बहुत सुबह से ही वहाँ था और अब उसे लाली के किसी भी क्षण वहाँ पहुँच जाने की उम्मीद थी, पर उसे बिल्कुल भी अंदाज़ा नहीं था कि उससे बस कुछ ही दूर टीले की ऊँचाई पर इतनी बड़ी दुर्घटना घटने की तैयारी हो गयी है। इन सबसे इतर नीरजा बिशन काका के साथ महेंद्र की चौखट पर हिम्मत के लिए मदद माँगने आयी थी। उसे क्या पता था कि वो जिसके पास मदद का हाथ फैलाने आयी है, इस खेल की बिसात उसी ने बिछायी है। कालू तो सिर्फ़ मोहरा है और महेंद्र को पता था कि नीरजा उसके पास ज़रूर आयेगी, इसलिए वो घर पर ही था ताकि बाद में कोई उस पर उँगली न उठाये। और यही हुआ भी जैसे ही घबरायी नीरजा ने उसे सारी बात बतायी, बजाय तुरंत पोखर की तरफ़ जाने के महेंद्र उन्हें थाने में ले आया ताकि उसका पक्ष और भी मज़बूत भी हो जाये और कालू को अपना काम करने का वक़्त भी मिल जाये और कल को उसने अपनी भाभी की आड़े वक़्त मदद की इस बात का श्रेय वो चुनाव में भुना भी ले।

पुलिस के लिए तो ये बस एक और लड़की के चक्कर में होने वाले झगड़े से ज़्यादा कुछ नहीं था, सो उन्होंने रपट लिखने में और चार कांस्टेबलों को महेंद्र के साथ रवाना करने से ज़्यादा कुछ नहीं किया। हाँ क़ीमती वक़्त ज़रूर ले लिया। नीरजा बेबसी में अपना होंठ काटकर रह गयी, पर वो कर भी क्या सकती थी। उसे दूर-दूर तक अंदेशा नहीं था कि महेंद्र मुसीबत के समय ऐसा बर्ताव भी कर सकता है, पर उसके पास मदद के लिए और कोई विकल्प भी नहीं था। दूसरी ओर कमली, मौसी और उनके पीछे टोले से सात-आठ जवान लड़के पोखर की तरफ़ बढ़ रहे थे पर सबकी अपनी-अपनी गति थी और अपने-अपने हित।

✳ ✳ ✳

"आजा कुत्ते! आज हो ही जाये तेरा भी शिकार!" कहकर लाली ने तुरंत कटार बाहर निकाल ली। कालू ने एक कुटिल मुस्कान लाली पर डाली और थोड़ा लापरवाह-सी चाल के साथ आगे बढ़ा। जिस पल लाली को लगा कि कालू अब उसके इतना पास आ चुका है कि वो यदि दो क़दम

आगे बढ़ाकर अपना वार करे तो उसका सीना चीर सकती है। ठीक उसी पल कालू अपना खेल खेल गया, वो अचानक हाथ ऊपर कर चिल्लाया जैसे लाली के पीछे कोई हो। इससे लाली का ध्यान बँटा और कालू ने झुककर मुट्ठी भर रेत लाली की ओर उछाल दी। कुछ क्षणों के लिए लाली अँधी-सी हो गयी और फिर वो चिल्ला-चिल्लाकर अपनी कटार हर दिशा में घुमाने लगी। मौक़ा देख कालू ने उसे पीछे से दबोच लिया और उसके हाथ से कटार ज़मीन पर गिरवा दी। अब लाली कालू की गिरफ़्त में थी।

"आज मिली है इस कुत्ते को बोटी, जिसे वो बहुत मज़े ले लेकर खायेगा।" कहकर उसने लाली की गर्दन में दाँत अड़ा दिये और उसके हाथ लाली के छातियों पर रेंगने लगे। लाली बहुत कसमसायी पर कालू उस हर हावी होने लगा, वो उसे नीचे ज़मीन पर गिराना चाह रहा था और कुछ देर में वो सफल भी हो गया। अब लाली की कलाइयों को कालू ने अपने हाथों से ज़मीन पर दबाया हुआ था और उसके पैरों को अपनी टांगों में उलझा रखा था। कालू का मुँह लाली के मुँह को झूठा करने नीचे को आने लगा। बस इसी पल लाली चीख़ पड़ी-

"बना बचाओ.. अपनी लाली को..." कालू ने उसकी पुकार पूरी होने से पहले ही उसका मुँह अपने मुँह से बंद कर दिया। लाली गुस्से की प्रचंडता से जल उठी, उसे लगा कि जैसे उसकी पविलता को किसी घिनौनी आत्मा ने मसलकर रख दिया हो। वो पूरी ताक़त से कालू से भिड़ गयी और किसी कुशल पहलवान की तरह उसने ऐसा दाव लगाया कि इस बार वो कालू पर चढ़ बैठी और फिर जो उसने कालू को धुनना शुरू किया-

"हरामी! अपनी माँ समझकर हाथ लगा रहा था। तेरी बोटी-बोटी कर दूँगी कुत्तियाँ के जने। तेरी हिम्मत कैसे हुई मुझे छूने की, जबकि तुझे पता है मैं बना की हूँ!" जब कालू को लग गया कि बाज़ी पलट गयी है और वो अकेला लाली से पार नहीं पा पायेगा, तो उसने मुँह से एक अजीब सीटी बजायी और कुछ ही पल बाद पेड़ों के झुरमुटों से जीप स्टार्ट होने की आवाज़ आयी, और लाली को लड़कों से भरी जीप झाड़ियों के बीच में से उसी ओर आती दिखी। इतने सारे लड़के देख उसकी पकड़ ढीली पड़ गयी जिसका फ़ायदा कालू ने उठा लिया। उसने लाली को धक्का दिया और लाली

उससे दूर जा गिरी। जीप पास आती जा रही थी, लाली पूरी जान लगाकर टीले की ओर भागी और साथ-साथ 'बना बचाओ- बना बचाओ' चिल्लाने लगी। बस वो टीले के मुहाने पर पहुँची ही थी और वहाँ से बस ढलान पर छलाँग लगाने ही वाली थी कि पीछे से कालू ने उसे दबोचकर जीप में पटकने की कोशिश की। जब लाली क़ाबू में नहीं आयी तो एक भरपूर चाँटा कालू ने उसे मारा। लाली का सिर झन्ना गया और कुछ क्षणों के लिए उसकी चेतना चली गयी और जब दुबारा लौटी तो वो जीप में डाली जा चुकी थी।

जीप रिवर्स गियर में पगडण्डी की ओर जाने लगी और तभी दो फ़ौलादी हाथों ने उसके ड्राइवर का गिरेबान पकड़ लिया। बना ने जीप के बोनट पर चढ़ रण का बिगुल छेड़ दिया था। लाली की पुकार बना तक पहुँच गयी थी।

"घबराना कोणी लाली! मैं आ गयो हूँ" हिम्मत के इन शब्दों ने लाली के निढाल शरीर में जान फूँक दी थी। उसने उन टाँगों से निकलने में पूरी जान लगा दी, जिन्होंने उसे दबा रखा था। जीप कुछ तो सवारियों के भार, टीले की भुरभुरी मिट्टी और हिम्मत के फ़ौलादी हाथों की वजह से ड्राइवर के पूरी जान लगाने के बावजूद पीछे नहीं खिसक सकी तो जीप के ड्राइवर ने चालाकी से काम लेते हुए गाड़ी में तुरंत पहला गियर डाल दिया। हिम्मत उसकी मंशा भाँपकर तुरंत एक तरफ़ कूद गया। लगभग टीले के मुहाने पर पीछे जाने को उलझ रही जीप अब बहुत तेज़ रफ़्तार में आगे को भागी और ढलान पर अनियंत्रित हो मिट्टी में अटक एक ओर झुक गयी। गाड़ी में सवार सभी लोग मिट्टी में गिर पड़े, लाली दौड़कर हिम्मत के सीने जा लगी। हिम्मत ने उसे अपनी आड़ में पीछे कर लिया और कमर पर दोनों हाथ रखकर मज़बूती से तन गया। कालू को मिलाकर कुल पाँच लोग थे पर कालू को छोड़ बाक़ी चारों की हिम्मत नहीं हो रही थी कि हिम्मत की ओर बढ़ें। इतने में कालू फुसफुसाया-

"सालो! रंडी के जनो। तुमको क्या शक्ल दिखाने के लिए लाया हूँ? लड़ने में फटती है तो छोरी को क़ाबू में करो। इस बना के लिए तो मैं अकेला ही काफ़ी हूँ।" कहकर कालू ने अपना ख़ंजर निकाल लिया। लगभग सभी दिशाओं से पाँचों हिम्मत की ओर बढ़ने लगे। हिम्मत ने लाली को भाग

जाने का इशारा किया पर लाली ने मनाकर दिया वो मिट्टी में अपनी कटार ढूँढ़ने लगी। पाँचों हिम्मत के बहुत क़रीब आ चुके थे, कालू ने बढ़त लेते हुए हिम्मत के बाजुओं की थाह ली। दोनो शेरों की तरह दहाड़े और आपस में गुत्थमगुत्था हो गये। कालू रह-रहकर अपना ख़ंजर हिम्मत के सीने में उतारने का मौक़ा देखने लगा।

"हरामजादो! मेरा मुँह क्या देख रहे हो, बोला तो लौंडियाँ ने क़ाबू करो।" कालू की झिड़की सुन लड़ाई को तमाशे की तरह देख रहे बाक़ी चारों लड़के लाली की ओर दौड़ पड़े। तब तक लाली के हाथ में कटार आ चुकी थी। अब वो घायल शेरनी थी, उसने ख़ुद उन चारों को इशारा किया- "आओ पहले कौन आता है।" एक ने थोड़ी हिम्मत दिखाई पर कटार के वार से उसकी कलाई चिर गयी। थोड़े अनाड़ी थे पर थे तो लड़के ही, वो भी चार-चार। वो चारों एक साथ अलग-अलग दिशा से बढ़े और लाली को क़ाबू में ले लिया। उधर कालू और हिम्मत लड़ते-लड़ते पोखर की तरफ़ जाने लगे। हिम्मत निहत्था था और कालू के ख़ंजर के वार बचाने के चक्कर में उसकी दोनों हथेलियाँ ख़ून से लाल हो चुकी थीं, पर वो जुटा हुआ था। अचानक कुछ ऐसा दाव बैठा कि हिम्मत की कोहनी के बीच में कालू की गर्दन आ गयी। हिम्मत ने ये मौक़ा नहीं गँवाया और कालू को बे-दम करना शुरू कर दिया। कालू ने बहुत कोशिश की किसी तरह पीछे हाथ करके हिम्मत को ख़ंजर घोंप दे पर वो सफल नहीं हो पाया। उसकी आँखों के आगे अँधेरा छाने लगा।

"हरामी तेरी इतनी जुअंत कि हिम्मत की मेरी लाली को हाथ लगाये। आज तेरे गंदे हाथ यही नहीं काटकर फेंक दिये तो इन रगों में राजपूती ख़ून नहीं।" कहते हुए हिम्मत ने अपना शिकंजा कालू की गर्दन पर और कस दिया, कालू तड़फड़ा गया। जिन लड़कों ने लाली को पकड़ा हुआ था, उनमें से दो पीछे से हिम्मत की ओर बढ़ने लगे। उधर कालू का शरीर बे-जान होकर हिम्मत के हाथों में झूलने लगा।

"बना सावधान! आपके पीछे।" लगभग सही समय पर हिम्मत पीछे मुड़ गया और उन दोनों लड़कों की मार-मारकर हालत बिगाड़ दी। बचे दोनों लड़के जिन्होंने लाली को पकड़ रखा था, उनकी हिम्मत जवाब देने

हिम्मत की लाली

लगी और उनकी पकड़ लाली पर कमज़ोर होने लगी। लाली को भी लगा कि यही मौक़ा है, उसने तुरंत कसमसाकर अपनी कलाई छुड़ाई और एक के सिर पर धोल जमाया और दूजे की टाँगों के बीच में ज़ोरदार लात जमायी, और दोनों ढेर। हिम्मत और लाली अब एक-दूजे के सामने थे। प्यार के दुश्मन ज़मीन चूम रहे थे। रोती-हँसती लाली ने हिम्मत और उसके बीच का फ़ासला दौड़कर तय करना शुरू किया, थके हुए हिम्मत ने भी अपनी बाँहों का आसमान खोल दिया। ऐसा लगा जैसे रेगिस्तान में समाने ख़ुद समंदर दौड़ा चला आ रहा हो। गाड़ियों की आवाज़ें भी आने लगी थीं। पोखर की शांत सुबह कोलाहल से भरने लगी। नीरजा और टोले वाले भी बस किसी भी पल पहुँचने को थे।

ठीक इसी समय कुछ ऐसा हुआ जिसकी किसी को उम्मीद नहीं थी। लाली ने हिम्मत के पीछे उगते हुए सूरज के साथ एक साये को उठते देखा। कालू, जिसे हिम्मत ने बे-सुध और बे-दम समझकर मरने को छोड़ दिया था, उसने फिर से उठकर अपना ख़ंजर थाम लिया और हिम्मत की ओर वो बहुत तेज़ी से बढ़ा। लाली ये देख ज़ोर से चिल्लाई- "बना!!" और अगले कुछ क्षणों में जैसे समय मानो धीमा हो गया और कई बातें एक साथ हो गयीं। हिम्मत का मुड़ना, कालू का ख़ंजर को हिम्मत के पेट में घोंप देना, पक्षियों का शोर मचाते हुए उड़ जाना, हिम्मत का दर्द से बिलबिलाते हुए, "माँ सा" चिल्लाना, भागती लाली का पत्थर से ठोकर लगकर हिम्मत के पास आते-आते गिरकर बेसुध हो जाना। कालू का लोगों को आता देख भागने की सोचना। पर आख़िर कालू भी कालू था, ज़िद का पक्का। मैदान छोड़ने से पहले उसे लगा कि उसकी तो हर मोर्चे पर ही हार हो गयी। उसकी आँखों में हैवानियत उतर आयी, उसने हिम्मत के शरीर में घोंपा ख़ंजर एक झटके में बाहर खींचा। जिससे हिम्मत के पेट से ख़ून का फ़व्वारा बह निकला। जितनी देर में हिम्मत इस नये ज़रख़्म से ख़ुद को सँभालता, उतनी देर में तो कालू ने वही ख़ंजर ज़मीन पर पड़ी लाली की गर्दन पर फिरा दिया। बेबस हिम्मत 'नहीं-नहीं' चिल्लाने के और अपने बाल नोचने के सिवा कुछ न कर सका।

"तू मेरी नहीं तो किसी की नहीं।" ये कहकर कालू वहाँ से भागने लगा। उसकी नज़र में उसने लाली से बदला ले लिया था। हिम्मत जैसे-तैसे

लड़खड़ाता हुआ आया और लाली पर ढह गया। दोनों प्रेमियों का ख़ून मिलकर एक हो चुका था। अब कौन पहचानता कि किसका ख़ून किस में मिला। दोनों की साँसें तो चल रही थीं, पर शरीर से ख़ून रुकने का नाम नहीं ले रहा था। हिम्मत के स्पर्श से लाली की चेतना लौटने लगी।

"आह... बना मेरे राजा! देखो मैं आ गयी।"

"हाँ लाली! हम मिल गये हाह... हमेशा-हमेशा के लिए। अब किसी को हमसे कोई शिक़ायत नहीं।"

"इससे अच्छी मौत क्या होगी, जो मैं आपकी बाँहों में हूँ! बस एक आख़िरी उपकार और करो.... बना! माँ सा का आसीस तो पहन...ही... रखा है हह! ...आप अपना प्यार मेरी माँग में भर दो।" जवाब में लाली की छाती पर सिर रखे हिम्मत का दायाँ हाथ हिला और उसने लाली के माथे पर अपने प्यार की अमिट छाप छोड़ दी। कहते हैं हंसों का जोड़ा एक-दूजे के बिना नहीं जी पाता। आज पोखर के हंसों ने भी इंसानी जोड़े को ऐसा करते देखा।

"काली माई! मुझे हर जन्म में ...अ..पने हिम्मत की लाली बन...।" कह नहीं सकते कि पहले किसके प्राण गये हिम्मत के या लाली के, या दोनों ने ये सफ़र साथ तय किया। सिवाय गाड़ियों के शोर के अब और कोई आवाज़ नहीं थी। पोखर यूँ शांत था, जैसे उसके हल्की-सी भी आवाज़ करने से किनारे लेटे दो प्रेमीयों की नींद में ख़लल पड़ेगा।

नीरजा गाड़ी से उतरते ही हिम्मत की ओर दौड़ी और बिना हिचकिचाहट के उसने दोनों शरीरों को यूँ गोद में ले लिया, जैसे माँ अपने बच्चे के गिरने पर उसे दौड़कर उठाती है और गोद में ले पुचकारती है। नीरजा की आँखों से उसका आशीर्वाद दोनों पर बरसने लगा। वो रोती जाती थी और हिम्मत और लाली के सिरों पर प्यार से हाथ फेरती जाती थी। यकायक उसे हिम्मत का कहा याद आया, 'देखियेगा माँ सा! एक दिन आप ही लाली को आशीर्वाद देंगी।' ये याद कर नीरजा की आत्मा बिलख उठी।

हिम्मत की लाली

"हे माँ! हमारे हाथों ये क्या हो गया। अब हम किसके सहारे जियेंगे! हमसे बहुत बड़ी ग़लती हो गयी, इसकी तो कोई माफ़ी भी नहीं है। दाता से कहियेगा हो सके तो हमें माफ़ कर दें, हम झूठी शान में अँधे हो गये थे। हम एक माँ होकर भी अपने बच्चे की तड़प नहीं देख पाये। आप सही थे हम ग़लत थे! कितनी सुन्दर लग रही है लाली इस पोशाक में, काश! भगवान हमें हमारी ग़लती ठीक करने का एक मौक़ा दे दे। हम अपना सब कुछ दे देंगे पर आपको और लाली को मिलाकर छोड़ेंगे। हाय! मेरे बच्चों ये हमसे कैसी भूल हो गयी। दाता को बोलियेगा हम आते हैं, बहुत जल्द आते हैं।" और नीरजा फिर शून्य हो गयी।

कालू को भागने की जगह मिलती उससे पहले वो घिर चुका था। उसने आत्मसमर्पण में ख़ंजर फेंक हाथ ऊपर को उठा लिये। महेंद्र को लगा कि कालू के ज़िंदा रहने से उसकी पोल खुल सकती है, सो उसने मौक़े की नज़ाकत समझ भीड़ का फ़ायदा उठाते हुए सिपाही को कान में कुछ कहा और सिपाही ने कालू की खोपड़ी में अपनी बन्दूक़ से लोहा भर दिया। आँखों ही आँखों में इशारे हो गये कि इसे पुलिस रिकॉर्ड में क्या दिखाना है।

कमली कभी बिजली से लिपट रोती, कभी लाली के बेजान शरीर से, यही हाल बिजली का था। इस ग़मगीन माहौल में सबका ध्यान कहीं दूर से गुज़रते टेम्पो से आती लाउडस्पीकर की आवाज़ ने भटकाया। जिस पर ऊँची आवाज़ में कल होने वाली फ़ौज की दौड़ का विज्ञापन बज रहा था। पर जिसे दौड़ना था उसके क़दमों ने तो बहुत दूर की दौड़ साध ली थी। नीरजा बुत बनी अपने में ही और गहरे उतर गयी पर आज उसकी इस मौन प्रार्थना को सबने सुना, जिन्होंने इस कहानी को पढ़ा उन्होंने भी।